Jobs
mit Zukunft

Markus Schmid

Jobs mit Zukunft

Berufe, Ausbildungswege, Qualifikationen

Ravensburger Buchverlag

Die Angaben zu Ausbildungswegen, Informationsstellen sowie Gehaltsvorstellungen in diesem Buch sind von Autor und Verlag sorgfältig erarbeitet und überprüft worden und entsprechen dem Stand bei Redaktionsschluss im Januar 2002; dennoch kann eine Garantie und Gewähr nicht übernommen werden. Eine Haftung des Autors bzw. des Verlags und seiner Beauftragten für Personen-, Sach- und Vermögensschäden ist ausgeschlossen.
Alle Berufsbezeichnungen sind aus Gründen der besseren Lesbarkeit und Einheitlichkeit in männlicher Form angegeben, gelten aber selbstverständlich stets gleichberechtigt für Frauen.
Die Angabe zu den Gehältern verstehen sich als durchschnittliche Jahresgehälter.

Bildnachweis:
WDV/Markus Kirchgessner: S. 6 – 7
Jutta Weser: S. 30
© John Henley/Corbis: S. 50, S. 120
MEV (Photodisk): S. 72
WDV/Gunther Bauer: S. 100

Die Deutsche Bibliothek – CIP-Einheitsaufnahme

Ein Titeldatensatz für diese Publikation ist bei
Der Deutschen Bibliothek erhältlich

Die Schreibweise entspricht den Regeln
der neuen Rechtschreibung.

3 2 1 04 03 02

Illustrationen: Thilo Pustlauk
Umschlaggestaltung: Eva Bender
Layout: Caroline Krämer
Redaktion: Jeanette Stark-Städele/Sabine Zürn
Printed in Germany
ISBN 3-473-35868-1

www.ravensburger.de

Inhalt

Job-Guide

Was willst du einmal werden?

Diese Frage kennst du. Je näher der Schulabschluss rückt, umso aktueller wird sie. Nimm sie ernst und mach dir allmählich Gedanken darüber, welchen Beruf du einmal ausüben willst. Schließlich wirst du später fast jeden Tag viele Stunden an deinem Arbeitsplatz zubringen und solltest dich in deinem Job wohl fühlen.
Wichtig ist, dass er deinen Neigungen entspricht, dir vielfältige Entwicklungschancen bietet und dir eine sichere Zukunft eröffnet.

Der Arbeitsmarkt verändert sich

Allerdings ist es nicht einfach, den richtigen Job zu finden. Der rasante technische Fortschritt und der damit verbundene Wandel in der Wirtschaft führen zu immer schnelleren Veränderungen auf dem Arbeitsmarkt. Viele klassische Berufsbilder sind nicht mehr gefragt, dafür entstehen ständig neue Tätigkeiten. Allein zwischen 1996 und 2000 wurden 108 Ausbildungsberufe modernisiert und 34 neu geschaffen, wie z. B. der Fluggeräteelektroniker, der Naturwerksteinmechaniker und der Mediengestalter.
Für eine ganze Reihe von Berufen gibt es zudem neue Bezeichnungen, die für zusätzliche Verwirrung sorgen. Einige dienen lediglich dazu, althergebrachte Tätigkeiten durch einen interessant klingenden Namen aufzuwerten.

So wurde aus dem Sachbearbeiter bei Versicherungen ein Underwriter, aus dem Berater ein Consultant und aus dem Makler ein Broker. Manchmal sind mit dem neuen Titel aber auch tatsächlich höhere Anforderungen verbunden, wie bei dem Facility Manager. Das ist zwar auch eine Art Hausmeister, allerdings arbeitet er in großen Firmengebäuden, Einkaufszentren oder Krankenhäusern, wo er für die komplexe computergesteuerte Gebäudetechnik von der Telefonanlage über die Klimatisierung bis zu den Sicherheitseinrichtungen zuständig ist.
Viele Berufseinsteiger kapitulieren vor diesem Begriffswirrwarr und beschränken sich bei der Suche nach einem Ausbildungsplatz auf die bekannten Tätigkeiten. Und dann ist es natürlich schwierig, beispielsweise eine Lehrstelle für den klassischen Männerberuf Automechaniker oder für den traditionellen Frauenberuf Bürokauffrau zu finden.
Wer sich dagegen für einen der neuen Berufe wie Informatikkauffrau oder Fachangestellter für Medien- und Informationsdienste interessiert, hat nicht nur gute Chancen, einen Ausbildungsplatz zu bekommen, sondern auch Aussichten auf einen sicheren Job.

Info-Tipp
Eine Broschüre mit den Beschreibungen aller seit 1998 neu geschaffenen Berufe kannst du über die Homepage des Bundesministeriums für Wirtschaft unter ***www.bmwi.de*** *bestellen oder direkt herunterladen. Das Bundesinstitut für Berufsbildung informiert unter* ***www.bibb.dc*** *über neue Berufe.*

Durchblick verschaffen

Es lohnt sich also, wenn du dich umfassend und gründlich über die vielfältigen Berufsmöglichkeiten informierst. In diesem Buch findest du einen Überblick über wichtige Tätigkeitsfelder und die dort angebotenen Jobs. Ausführliche Informationen über einzelne Berufe und Ausbildungen erhältst du bei allen Arbeitsämtern und den speziellen Berufsinformationszentren oder der Industrie- und Handelskammer. Um dir einen Überblick über berufliche Perspektiven zu verschaffen, kannst du die Stellenanzeigen einer großen Tageszeitung durchforsten und dich bei interessant klingenden Tätigkeiten, die du nicht kennst, bei den Personalabteilungen der Unternehmen nach der Arbeitsplatzbeschreibung erkundigen. Zahlreiche aktuelle Informationen findest du auch im Internet, vor allem bei den verschiedenen Stellenbörsen.

Leitlinien für die Berufswahl

Wer in Tageszeitungen Stellenbeschreibungen liest und in Jobbeschreibungen schmökert, erhält gute Anregungen für eigene Berufswünsche. Bei der gezielten Suche nach der richtigen Ausbildung sollte man sich dann aber in erster Linie an den eigenen Interessen und Stärken orientieren. Auf diese Weise kann man sich ganz auf die Jobs konzentrieren, die zu einem passen. Dabei helfen dir Checklisten. Um deine persönlichen Vorlieben und Ziele herauszufinden, legst du zwei Listen an. Über die erste schreibst du „Was kann ich?" und über die zweite „Was will ich?".

Die „Was kann ich"-Liste

In diese Liste schreibst du alles, was du gut kannst. Bist du handwerklich geschickt oder vertiefst du dich lieber in Bücher? Hast du gute Noten in Mathematik oder eher in Deutsch? Macht es dir mehr Spaß, mit Menschen zu arbeiten, als vor dem Computer zu sitzen?

Oft ist es schwer, die eigenen Stärken und Fähigkeiten genau zu benennen. Überleg dir deshalb Situationen, in denen dir etwas besonders gut gelungen ist. Da man häufig seine Fähigkeiten unterbewertet, fragst du am besten auch deine Eltern und enge Freunde, welche Eigenschaften sie an dir wahrnehmen. Sie können dir mit Sicherheit wertvolle Hinweise für deine Selbsteinschätzung geben.

Die „Was will ich"-Liste

Bei dieser Aufzählung geht es um deine Interessen und Ziele im Leben. Wofür setzt du dich besonders ein, was ist dir besonders wichtig, was macht dir am meisten Spaß? Auch hier ist es hilfreich, sich konkrete Situationen vorzustellen: Welche Schulfächer begeistern dich mehr als andere? Womit beschäftigst du dich in deiner Freizeit am liebsten? Engagierst du dich in Jugendgruppen? Liegt dir die Herausgabe der Schülerzeitung sehr am Herzen? Gab es Ferienjobs, die du besonders gern gemacht hast?

Auf Umwegen ans Ziel

Viele finden erst mit der Zeit die Tätigkeit, die ihren Neigungen und Fähigkeiten entspricht. Wie zum Beispiel Joy Schintan, die Musik liebt und sich zur Dirigentin ausbilden ließ. Heute ist die 45-Jährige Managerin bei einem großen Medienkonzern und betreut den Aufbau eines Musikportals im Internet. „Für mich verbindet der Job mein Interesse an Musik und meinen Willen zu führen", sagt Schintan. Auch Bodo Ricke, bei einem großen Anlagenbauer für die Planung von Kraftwerksturbinen verantwortlich, kam auf Umwegen an sein Berufsziel. Als Jugendlichen interessierten Bodo Technik und fremde Länder. Nach dem Abitur studierte er Sprachwissenschaft, wechselte aber bald zur Betriebswirtschaft und studierte dann noch an der Fachhochschule Maschinenbau. Heute kann er alle seine Ausbildungen nutzen: „Bei der Konzeption großer Anlagen muss ich kalkulieren können", erklärt Bodo Ricke, „und da ich überall auf der Welt dabei sein muss, wenn die Maschinen aufgestellt werden, brauche ich gute Sprachkenntnisse."

Deine persönliche Checkliste

Lass dir beim Ausfüllen der Listen einige Wochen Zeit und beobachte dich selbst. Vielleicht entdeckst du Interessen und Wünsche, die du bislang nicht bewusst wahrgenommen hast. Vielleicht streichst du plötzlich wieder einige Angaben oder formulierst sie einige Male um, bis sie stimmig sind.

Wenn du mit deinen Listen zufrieden bist, kannst du mit ihrer Hilfe die für dich in Frage kommenden Wunschberufe eingrenzen. Notiere auch dabei wieder die Berufe, in denen du deine Interessen und Fähigkeiten am besten einsetzen könntest.

Die Checklisten mit deinen Begabungen, Zielen und Wunschberufen eignen sich auch hervorragend als Basis für ein Gespräch mit einem Berufsberater. Sie geben dem Spezialisten wichtige Anhaltspunkte für die gemeinsame Suche nach dem richtigen Berufseinstieg.

Einen Berufswahl-Test kannst du auch beim Arbeitsamt machen. Dort werden anhand eines Fragenkatalogs deine Begabungen und Neigungen festgestellt. Einen kleinen Neigungstest, der dir etwas über deine Stärken und Wunschvorstellungen verrät, findest du auf den folgenden Seiten.

Gewusst was: der Neigungstest

**Mit diesem Neigungstest kannst du deine Stärken und Schwächen herausfinden und eine Vorstellung davon entwickeln, welche Tätigkeiten dir liegen.
Doch Vorsicht: Kein Test kann dir die bewusste, eigene Entscheidung für eine Berufsrichtung abnehmen. Aber er kann dir die Entscheidungsfindung erleichtern.**

Bei jeder der folgenden Fragen kannst du zwischen einem und fünf Punkte vergeben. Die Eins steht für „stimmt voll", die Fünf bedeutet „stimmt nicht".

1.	Ich kann komplizierte Sachverhalte gut erklären.	**A**	1 2 3 4 5
2.	Ich kann mich gut durchsetzen.	**E**	1 2 3 4 5
3.	Man sagt, dass ich handwerklich sehr geschickt bin.	**C**	1 2 3 4 5
4.	Ich scheue mich nicht vor Schmutz bei der Arbeit.	**C**	1 2 3 4 5
5.	Mit Kindern kann ich gut umgehen.	**A**	1 2 3 4 5
6.	Wenn ich etwas anfange, mache ich es richtig.	**D**	1 2 3 4 5
7.	Mein liebstes Fach ist der Kunstunterricht.	**B**	1 2 3 4 5
8.	Ich arbeite gern Reiserouten aus.	**E**	1 2 3 4 5
9.	Ich habe keine Berührungsängste gegenüber anderen Menschen.	**A**	1 2 3 4 5
10.	Ich tausche mich mit anderen Leuten über das aus, was ich lese.	**B**	1 2 3 4 5
11.	Mein Zimmer ist immer aufgeräumt.	**D**	1 2 3 4 5
12.	Ich nehme an einer Theatergruppe teil.	**B**	1 2 3 4 5
13.	Ich kann mich gut in andere hineinversetzen.	**A**	1 2 3 4 5
14.	Wenn jemand etwas nicht versteht, erkläre ich es ihm gern noch einmal.	**E**	1 2 3 4 5
15.	Geschenke bastle ich am liebsten selbst.	**B**	1 2 3 4 5
16.	Ich kann meine Wünsche denen anderer unterordnen.	**E**	1 2 3 4 5
17.	Ich helfe anderen gern in schwierigen Situationen.	**A**	1 2 3 4 5

18. An meinem Computer vergesse ich die Zeit. **C** 1 2 3 4 5
19. Mit Referaten vor der Klasse habe ich kein Problem. **B** 1 2 3 4 5
20. Ich helfe anderen bei den Hausaufgaben. **A** 1 2 3 4 5
21. In Physik begeistern mich Konstruktionszeichnungen. **C** 1 2 3 4 5
22. Wo jemand gebraucht wird, bin ich da. **A** 1 2 3 4 5
23. Computerprobleme löse ich mit Leichtigkeit. **C** 1 2 3 4 5
24. Ich spiele ein Musikinstrument. **B** 1 2 3 4 5
25. Wenn ich etwas erreichen will, bin ich sehr hartnäckig **E** 1 2 3 4 5
26. Ich löse auch schwierige mathematische Aufgaben. **C** 1 2 3 4 5
27. Ich mache mir erst einen Plan, bevor ich etwas beginne. **D** 1 2 3 4 5
28. Musik versetzt mich in eine andere Welt. **B** 1 2 3 4 5
29. Ich kann gut mit älteren Menschen umgehen. **A** 1 2 3 4 5
30. In den Ferien suche ich mir am liebsten einen Bürojob. **D** 1 2 3 4 5
31. Im Fernsehen sehe ich am liebsten Sendungen über Entdeckungen und Erfindungen. **C** 1 2 3 4 5
32. In Geschäften verhandle ich gern über den Preis. **D** 1 2 3 4 5
33. Für Freunde koche ich öfter. **E** 1 2 3 4 5
34. Ich kann gut Entscheidungen treffen. **D** 1 2 3 4 5
35. Ich lerne sehr schnell Fremdsprachen. **B** 1 2 3 4 5
36. Ich bin besonders zufrieden, wenn ich etwas selbst gebaut habe. **C** 1 2 3 4 5
37. In schwierigen Situationen kann ich klar denken. **D** 1 2 3 4 5
38. Wenn ich etwas kaufe, informiere ich mich eingehend über Preise und Ausstattung. **E** 1 2 3 4 5
39. Beim Handy oder Computer probiere ich alle Funktionen aus. **C** 1 2 3 4 5
40. Wenn wir im Freundeskreis etwas unternehmen, bin ich für die Organisation zuständig. **D** 1 2 3 4 5
41. Ich würde gern Schmuck herstellen. **B** 1 2 3 4 5
42. Ich kann sehr gut mit Geld umgehen. **E** 1 2 3 4 5
43. Ich höre gern anderen Menschen zu. **A** 1 2 3 4 5

44. Wenn es geht, löse ich Aufgaben am liebsten am Computer. **C** 1 2 3 4 5
45. In den Ferien arbeite ich gern in einem Café. **E** 1 2 3 4 5
46. Ich ziehe mich ausgefallen und bunt an. **B** 1 2 3 4 5
47. Ich arbeite gewissenhaft und ordentlich. **D** 1 2 3 4 5
48. Ich würde gern alte Autos restaurieren. **C** 1 2 3 4 5
49. Ich verfolge fasziniert das Börsengeschehen. **E** 1 2 3 4 5
50. Ich gebe anderen gern einen Rat. **A** 1 2 3 4 5

Auswertung
Jetzt zählst du die Zahlen für jeden Buchstaben zusammen und trägst die Summen in die Tabelle ein.

	A	B	C	D	E
Summe der jeweiligen Buchstaben	28	47	31	23	28

Die Tabelle verrät dir, in welchen Bereichen deine Stärken liegen. Zeigen sich in zwei Feldern kaum Unterschiede in der Punktzahl, bringst du in beiden Bereichen gute Voraussetzungen mit. Dies könnte zum Beispiel bedeuten, dass du einen Beruf wählen solltest, der Technik mit Organisationsaufgaben oder eine soziale Tätigkeit mit Verwaltungsarbeiten verbindet.

Die einzelnen Bereiche

A. Sozialer und pädagogischer Bereich:
Berufe, die mit Menschen zu tun haben, z. B. Lehrer, Arzt.

B. Künstler- und geisteswissenschaftlicher Bereich:
kreative und schöngeistige Berufe, z. B. Grafiker, Journalist.

C. Praktischer und technischer Bereich:
Handwerk und technische Tätigkeiten, wie Installateur, Ingenieur, Koch.

D. Organisatorischer und administrativer Bereich:
Berufe mit Verwaltungs- und Kontrollaufgaben, z. B. im öffentlichen Dienst und in Unternehmen.

E. Beratender und kommerzieller Bereich:
Dienstleistungsberufe und Verkauf im Handel, Vertrieb und bei Banken.

Karriere und Selbstverwirklichung

Ist der erste Arbeitsplatz gefunden, hast du die schwierigste Hürde ins Berufsleben überwunden. Hast du dann noch einen verantwortungsbewussten Arbeitgeber, der Wert darauf legt, dass sich seine Mitarbeiter weiterentwickeln und verantwortungsvolle Positionen erreichen, steht deiner Karriere nichts mehr im Weg.
Das heißt jedoch nicht, dass du dich nun um nichts mehr zu kümmern brauchst. Zum einen sind den Vorgesetzten Mitarbeiter lieber, die sich engagiert für ihre berufliche Zukunft einsetzen. Zum zweiten solltest du deinen beruflichen Werdegang selbst in die Hand nehmen, indem du darauf achtest, welche Aufgaben dir übertragen werden und ob du deine Interessen verwirklichen kannst. Dabei kann auch ein Arbeitsplatzwechsel nötig werden, um neue Erfahrungen zu sammeln. Zu rasches Job-Hopping macht Personalchefs allerdings misstrauisch, da sie befürchten, dass es der Bewerber nirgends lange aushält. Zwei Jahre solltest du dir normalerweise Zeit lassen, bevor du in einem anderen Betrieb eine neue Herausforderung suchst.

Eine Herausforderung: der Schritt in die Selbstständigkeit

Vielleicht träumst du auch davon, eines Tages selbstständig zu arbeiten und dein eigener Chef zu sein. Tatsächlich werden die Chancen für Freiberufler immer besser. Viele Firmen beauftragen lieber freie Mitarbeiter, um die hohen Personalkosten zu sparen, und die Nachfrage nach Dienstleistungen – vom Partyservice über die Vermögensberatung bis zum persönlichen Fitnesstrainer – wächst.
Doch der Schritt in die Selbstständigkeit sollte gut überlegt sein. Ratsam sind auf alle Fälle eine fundierte Ausbildung, mehrjährige Berufserfahrung und genügend Startkapital, um etwa zwei Jahre ohne große Umsätze zu überstehen.
Zur Arbeit auf eigene Rechnung gehören eine ganze Menge berufsfremder Aufgaben. Freischaffende müssen Aufträge hereinholen und mit den Kunden verhandeln. Sie dürfen daher keine Scheu vor Verhandlungen oder sogar Auseinandersetzungen mit anderen Menschen haben. Und sie sollten das kaufmännische Einmaleins beherrschen, damit am Ende des Geschäftsjahres die Zahlen stimmen.

Traumjobs

Wenn es um Berufswünsche geht, denken viele zuerst einmal an ihre Traumjobs. In früheren Generationen wollten die Jungs Polizist oder Lokführer werden, die Mädchen träumten von einer Arbeit als Säuglingsschwester oder Tierärztin. Heute stehen bei den Traumjobs an erster Stelle Model und Popstar. Diese Wünsche orientieren sich jedoch meist am Glanz und Glamour dieser Berufe und haben mit der Wirklichkeit und vor allem mit der persönlichen Eignung wenig zu tun.

Ideal und Wirklichkeit

Um Model zu werden, muss man nicht nur gut aussehen. Es gehören auch eine eiserne Disziplin und Belastungsfähigkeit dazu, um seinen Körper in Form zu halten, die anstrengenden Fototermine durchzustehen und im harten Konkurrenzkampf die Nerven zu behalten. Bei den Popstars darf man sich nicht von der Show täuschen lassen, die den Fans bei ihren Auftritten geboten wird, sondern man muss sich den langen und schwierigen Weg ins Rampenlicht vergegenwärtigen, den nur wenige schaffen. Viele wollen gern als Model, Schlagersänger oder Rennfahrer berühmt und bewundert werden, ohne das Talent und das Durchsetzungsvermögen der Spitzenkönner zu haben.

Auch für die so genannten Traumjobs gilt somit: Nur wer bereit ist, hart zu arbeiten, sich voll einzusetzen und auch lange Durststrecken zu überstehen, hat Chancen auf Erfolg. Um später keine Enttäuschungen zu erleben, solltest du dich über die tatsächlichen Anforderungen für eine aussichtsreiche Karriere informieren. Ob du ihnen gewachsen bist, kann dir wieder der ehrliche Vergleich mit deinem Interessen- und Stärkeprofil zeigen.

Geld und Ruhm sind keine Berufsziele

Mach dir bei deiner Jobsuche immer wieder klar: Wichtig ist nicht berühmt zu werden oder viel Geld zu verdienen, sondern Spaß und Erfüllung im Berufsleben zu finden. Nur dies sind die richtigen Triebkräfte, um ohne große Überwindung dauerhaft seine Kräfte zu mobilisieren, volle Leistung zu bringen und langfristig die selbst gesteckten Ziele zu erreichen. Strebst du einen Beruf an, der deinen Talenten und Neigungen nicht liegt, wirst du später unglücklich sein. Sich dann neu zu orientieren, fällt schwerer, als von Anfang an die richtigen Entscheidungen zu treffen. Du musst deshalb nicht von vorn herein auf eine Arbeit in den Bereichen verzichten, die dich faszinieren. Warum nicht als Modedesignerin die individuelle Kreativität und Experimentierfreude nutzen statt als Model nur über den Laufsteg zu gehen? Wer im Showbusiness arbeiten will, kann sein Organisationstalent oder Verhandlungsgeschick in Künstleragenturen oder Plattenfirmen einbringen. Und als Fahrzeugingenieur kann man sich auf Sportwagen spezialisieren, um den Benzinduft in den Boxengassen zu schnuppern.

Die Rennfahrerei ist ein ganz, ganz hartes Brot. Man muss sehr viel an sich arbeiten, muss körperlich absolut fit sein und sehr willensstark. Das ist wie im normalen Beruf auch: Nur wer mehr und besser arbeitet als sein Kollege im Zimmer, fällt seinem Chef auf und kommt weiter.

Willi Weber, Manager von Formel-1-Weltmeister Michael Schumacher

Männerberufe – Frauenberufe: völlig überholt?

Es stimmt leider: Nach wie vor setzen Schulabgänger/innen auf männer- und frauentypische Berufe. Junge Frauen wollen Arzthelferin, Bürokauffrau oder Frisörin werden, Jungs Kraftfahrzeugmechaniker, Kaufmann oder Tischler. Dabei sind Mädchen vor allem bei Handwerksbetrieben begehrte Azubis. Sie haben in der Regel bessere Zeugnisse, sind motivierter und haben eine klarere Vorstellung von ihren beruflichen Zielen als die männlichen Mitbewerber.

Rollenerwartungen überwinden

Die unterschiedlichen Vorlieben werden nicht bei der Geburt festgelegt, sondern sind von der Erziehung geprägt. Jungs bekommen beispielsweise von früh an technische Spielsachen und lernen handwerkliche Fertigkeiten, während Mädchen eher mit Puppen beschenkt und im Haushalt beschäftigt werden. Doch warum solltest du nicht einmal einen Blick über die gängigen Grenzen zwischen Männer- und Frauenberufen wagen? Immerhin erhöht sich dadurch mit einem Schlag die Zahl der zur Verfügung stehenden Ausbildungs- und Berufsmöglichkeiten. Zudem kann es sich gerade für Mädchen lohnen, sich nach einem technischen Beruf umzusehen. In einigen Firmen gibt es nämlich spezielle Förderprogramme, um Frauen den Einstieg in die bisherigen Männerdomänen zu erleichtern. Und die Bundesregierung will mit einem speziellen Ausbildungsprojekt die Chancen für Mädchen in Informationstechnik- und Medienberufen erhöhen.

Infos nur für Mädchen

Speziell für Mädchen gibt es beim Bundesministerium für Bildung und Forschung unter ***www.bmbf.de/249.html*** *zahlreiche Links zu Seiten mit Informationsmöglichkeiten über Ausbildung und Beruf. Tipps für die Berufe der Zukunft gibt* ***www.idee-it.de.***
www.joblab.de *bietet ein interaktives Planspiel zur Berufswahl,* ***www.1blick.com*** *vermittelt Praktikumsplätze für Mädchen im Handwerk, und für Frauen, die sich für Technik interessieren, gibt es Informationen unter* ***www.be-ing.de.***

„Welcher Beruf interessiert dich am meisten?“, wurden über 1000 Jugendliche ab 14 Jahren gefragt. Bei der Hitliste der beliebtesten Berufe gibt es deutliche Unterschiede zwischen Mädchen und Jungen. Die Zahlen unten geben an, wie viel Prozent der Befragten sich für einen oder mehrere der genannten Berufe entschieden haben.

	Wunschberufe
Mädchen	Designerin 35, Ärztin 27, Journalistin 25, Flugbegleiterin 22, Architektin 15, Sozialarbeiterin 15, Bürokauffrau 14, Bankkauffrau 13, Lehrerin 13, Rechtsanwältin 12
Jungen	Software-Entwickler 33, Informatiker 30, EDV-Fachmann 24, Kfz-Mechaniker 23, Ingenieur 21, Maschinenbaumechaniker 21, Polizist 13, Elektroinstallateur 13, Journalist 12, Architekt 12

Quelle: Institut für Demoskopie, Allensbach 2000

Seine Stärken – ihre Stärken

Mädchen und Jungs bringen heute die gleichen Voraussetzungen für einen Job mit, wenn es um gute Leistungen, Können und Einsatzbereitschaft geht.
Doch es gibt geschlechtstypische Unterschiede, die den Ausschlag für eine erfolgreiche Bewerbung oder eine wichtige Beförderung geben können.
So sind Jungs in der Regel lässiger, wenn es um die Selbstdarstellung geht. Sie achten weniger auf die äußere Form ihrer Bewerbungsschreiben und bereiten sich nicht so intensiv auf die Vorstellungsgespräche vor. Auch ihr Erscheinungsbild ist ihnen nicht so wichtig, dafür treten sie selbstbewusster und bestimmter auf.
Mädchen geben sich bei Bewerbungen und im Job große Mühe, dass stets die äußere Form stimmt. Auf wichtige Gespräche bereiten sie sich eingehend vor. Allerdings treten sie in entscheidenden Situationen bescheidener auf und geben in Auseinandersetzungen leichter nach.
Jungs und Mädchen könnten also gut voneinander lernen, was das Auftreten in der Öffentlichkeit betrifft. Denn Personalchefs und Vorgesetzte legen Wert auf ein gepflegtes Aussehen, gute Manieren und ordentliche Bewerbungs- wie Arbeitsunterlagen – aber auch auf Selbstbewusstsein und Durchsetzungsvermögen.

Fachwissen ist nicht alles

Können und Erfahrung sind die Basis jedes beruflichen Erfolgs. Doch heute zählt noch viel mehr: Arbeitgeber wünschen sich Persönlichkeiten, die auch menschliche Qualitäten vorweisen können. Welche dieser so genannten Schlüsselqualifikationen wichtig sind, hängt insbesondere vom Beruf ab. So sollte ein Außendienstmitarbeiter vor allem Ausstrahlung, Eigeninitiative und Organisationstalent haben, von einem Ingenieur werden eher Kreativität und Teamgeist verlangt. Nicht jedem werden diese Qualifikationen in die Wiege gelegt – doch keine Sorge: Sie können, eventuell mit Hilfe eines Experten, trainiert werden.

Das ist im Job gefragt:

Kreativität

Schwierige Probleme lassen sich mit Fantasie und Einfallsreichtum oft am besten lösen. Wer nicht nur in gewohnten Bahnen denkt, sondern neue Ideen und Lösungen findet, hat mit Sicherheit in vielen Berufsbereichen große Erfolge.

Belastbarkeit

Bei jedem Job gibt es schwierige Zeiten durch hohe Arbeitsbelastungen, scheinbar unlösbare Aufgaben oder Ärger mit Mitarbeitern. Dann ist es gut, wenn du nicht gleich ausrastest oder verzagst, sondern Strategien entwickeln kannst, um den Stress zu bewältigen.

Organisationsfähigkeit

In der modernen Berufswelt wachsen die Arbeitsbelastungen. Wenn du deine Zeit einteilen kannst, leidest du nicht so schnell unter Stress und Hektik. Klarheit und Ordnung bei der Arbeit machen zudem einen guten Eindruck und erleichtern den Kollegen die Zusammenarbeit.

Aufgeschlossenheit

Offen zu sein für Neues ist die beste Voraussetzung, interessante und anspruchsvolle Aufgaben übertragen zu bekommen. Zur Aufgeschlossenheit gehört auch die Kontaktfähigkeit: der unbefangene Umgang mit anderen, ohne dass du deine eigenen Interessen und Ziele aus den Augen verlierst.

Durchsetzungsvermögen

Es genügt nicht, gute Ideen zu haben – man muss sie auch gegen Widerstände und in Besprechungen durchsetzen können. Durchsetzungsvermögen darf allerdings nicht mit sturem Beharren auf eigenen Vorstellungen verwechselt werden.

Eigeninitiative

Immer nur die Anordnungen anderer auszuführen, macht auf Dauer keinen Spaß. Und wer Eigeninitiative entwickelt, beweist auch, dass er für verantwortungsvolle Posten geeignet ist.

Teamgeist

Gemeinsam erreicht man mehr. Dies gilt auch für die Arbeit. Gute Zusammenarbeit setzt aber voraus, dass man auf andere eingehen kann, ihre Ideen ernst nimmt und sich selbst zurücknehmen kann.

Auswahlkriterium „Soft Skills"

Bei der Bewerbung prüfen die Arbeitgeber nicht mehr nur die Zeugnisse, sondern zunehmend die ganze Persönlichkeit des künftigen Mitarbeiters. „Der Notendurchschnitt", erklärt etwa Hans-Christoph Kürn, Personalmanager im Recruiting Support Center bei Siemens gegenüber der Wochenzeitung „Die Zeit", „spielt nicht mehr die entscheidende Rolle." Er lege mehr Wert auf die so genannten Soft Skills (engl.: weiche Fertigkeiten), wie die Fähigkeit, projektbezogen im Team und interkulturell zu arbeiten. Dabei hat er auch nichts gegen ungewöhnliche Lebensläufe, die besondere Interessen und Eigenschaften verraten. Klaus Behrenbeck von der Beratungsfirma McKinsey sucht „Persönlichkeiten, die andere überzeugen können, die authentisch, vielseitig und engagiert sind". Auch ihm sind Soft Skills wie Kreativität, Einsatzbereitschaft und Teamfähigkeit wichtig.

Jobs auf Probe

Vielen Jugendlichen fällt es schwer, mit einer Berufswahl eine Entscheidung fürs Leben zu treffen, wo doch noch nicht einmal die Schulzeit vorbei ist. Sie kennen vielleicht ihre momentanen Neigungen und Wünsche, sind aber nicht sicher, ob diese auch in Zukunft Bestand haben. Da ist es ganz gut, zuerst einmal möglichst unverbindlich seine Potenziale zu testen. Und es gibt verschiedene Möglichkeiten, die Berufswelt „auf Probe" kennen zu lernen.

Freiwilliges Jahr

Drei Varianten stehen 16- bis 27-Jährigen zur Auswahl: das freiwillige soziale Jahr in Krankenhäusern oder Pflegeheimen, das freiwillige ökologische Jahr in öffentlichen Einrichtungen und Umweltverbänden sowie das freiwillige Jahr in Unternehmen als Assistent einer Führungskraft. Ein Lohn wird nicht gezahlt, neben Unterkunft, Verpflegung und Arbeitskleidung gibt es höchstens ein Taschengeld. Informationen zum freiwilligen sozialen und ökologischen Jahr mit Bewerbungsadressen gibt es beim Ministerium für Familie, Senioren, Frauen und Jugend unter www.bmfsfj.de, für das freiwillige Jahr in Unternehmen bei der Industrie- und Handelskammer.

Zuerst habe ich in den Ferien in einer Agentur gejobbt. Ich bin damals dort eingesprungen, wo jemand gebraucht wurde, und habe mal in der Telefonzentrale gesessen oder einen brandeiligen Film zum Entwickeln gebracht. Die Arbeit in der Agentur hat mich fasziniert, also habe ich nach der Schule Grafik studiert und immer wieder nebenher Praktika gemacht. Bei meinem letzten Praktikum hat mir der Chef dann einen Job angeboten.

Michael, 24, Grafikdesigner

Praktikum

Mehrwöchige Praktika sind eine hervorragende Gelegenheit, Einblick in die Berufe zu bekommen, die dich besonders interessieren. Der Arbeitgeber muss kein Gehalt zahlen und hat keine Verpflichtungen, der Praktikant kann Erfahrungen sammeln und Kontakte knüpfen. Anders als bei einer geregelten Ausbildung gibt es in den meisten Betrieben allerdings keine klaren Beschäftigungsrichtlinien. Eigeninitiative ist also gefragt, damit du nicht mit eintönigen Handlangerdiensten beschäftigt wirst. Infos über Praktikumsplätze bietet der Ausbildungs- und Praktikantenatlas der IHK unter www.apa.ihk.de.

Ferienjob

Das Arbeitsamt und einige Online-Jobbörsen vermitteln die unterschiedlichsten Aushilfsarbeiten für die Urlaubszeit. Wen bestimmte Unternehmen, wie etwa eine Softwarefirma oder eine Werbeagentur, besonders interessieren, sollte sich nicht scheuen, dort direkt nach einem Ferienjob zu fragen. Im Internet findest du Ferienjobs unter *www.arbeitsamt.de* oder *www.jobber.de*.

Wehr- und Zivildienst

Die Monate beim Militär oder in einer sozialen Einrichtung sind keine nutzlose Zeit, wenn man einen Einsatzbereich wählt, in dem man etwas lernen kann. So bietet etwa die Bundeswehr interessante Aufgaben für technisch Interessierte. Genauso gut kann man auch Tätigkeiten übernehmen, mit denen man später nichts mehr zu tun hat. Warum sollte also ein Computerfreak nicht als Sanitäter oder Pfleger Dienst tun und dabei menschlich sehr viel lernen?

Viele Wege führen zum Ziel

Selbst wenn das Berufsziel feststeht, bleibt doch die Frage nach dem richtigen Einstieg. Denn oftmals gibt es für eine Tätigkeit verschiedene Ausbildungsmöglichkeiten. Vor allem Abiturienten haben in der Regel mehrere Alternativen. Künftige Techniker beispielsweise können zwischen einer Lehre und dem Studium an einer Berufsakademie, Fachhochschule oder Universität wählen. Aber auch Schulabgänger mit mittlerer Reife oder Hauptschulabschluss müssen die Ausbildung vorausschauend planen. Sie können sich z. B. an Fachschulen zum DV-Betriebswirt weiterbilden, sofern sie eine kaufmännische Lehre vorweisen können.

Diese Ausbildungswege gibt es nach der Schule:

Lehre

Die Lehre ist etwas für praktisch veranlagte Menschen, die eine solide Basis für den weiteren Berufsweg schaffen wollen. Auch mit einer mittleren Reife kann die Lehre durch eine innerbetriebliche Weiterbildung zum Sprungbrett für eine vielversprechende Karriere werden. Vielen fällt es zudem mit etwas Abstand zur Schule leichter, das Abitur auf dem zweiten Bildungsweg nachzuholen. Sie haben dann einen Beruf, mit dem sie nebenher oder in den Ferien Geld verdienen können.

Öffentlicher Dienst

Je nach Schulabschluss gibt es verschiedene Ausbildungsmöglichkeiten im Staatsdienst. Mit dem Hauptschulabschluss steht der einfache, mit der mittleren Reife der mittlere und mit der Fachhochschulreife der gehobene Dienst offen. Bei den meisten Ausbildungen wird man zum Sachbearbeiter in einer Behörde, es gibt allerdings auch einige technische Ausbildungsmöglichkeiten. Ausbildungsplätze werden ausgeschrieben oder dem Arbeitsamt gemeldet, man kann sich aber auch direkt bewerben.

Berufsakademie

Die Berufs- oder Wirtschaftsakademien bieten eine Berufsausbildung in einem Betrieb mit parallelem Studium. Während der dreijährigen Ausbildung wechseln die Studenten alle drei Monate zwischen ihrem betrieblichen Ausbildungsplatz und der Berufsakademie. Voraussetzung für die Zulassung ist das Abitur oder die Fachhochschulreife, die Bewerbungen sind an die Betriebe zu richten, die mit den Berufsakademien zusammenarbeiten. Die Fächerauswahl umfasst verschiedene technische Berufe, Wirtschaft, Medien, Tourismus, Informatik und Sozialpädagogik. Informationen geben die Arbeitsämter, bei den Berufsakademien kann man sich eine Liste der angeschlossenen Betriebe besorgen.

Fachhochschule

Die Fachhochschulen vermitteln ein breites Grundlagenwissen mit sehr viel Praxiserfahrung, die sich an den Anforderungen im späteren Beruf orientiert. Zur Auswahl steht ein breites Fächerangebot. Das Studium dauert vier Jahre einschließlich zwei halbjähriger Praktika in Unternehmen. Voraussetzung ist der Abschluss einer Fachschule oder der 12. Klasse eines Gymnasiums, die allgemeine oder fachgebundene Hochschulreife oder eine Sondergenehmigung für besonders befähigte Berufstätige. Weitere Auskünfte erteilen die Studienberatungen.

Wissenschaftliche Hochschule

An Universitäten und Hochschulen überwiegt die theoretische Ausbildung; in den meisten Fächern ist kein Praktikum erforderlich. Dadurch fehlt oftmals der Bezug zum beruflichen Alltag. Ziel ist die Befähigung zum wissenschaftlichen Arbeiten und die Vermittlung eines breiten Wissens. Das Studium bietet sehr viel Freiräume und Gestaltungsmöglichkeiten, verlangt aber auch Selbstdisziplin und Zielstrebigkeit. Als Abschluss erwirbt man ein Diplom, den Magister oder das Staatsexamen.

Offen für neue Herausforderungen

Flexibilität und lebenslanges Lernen sind Schlüsselbegriffe der modernen Arbeitswelt. Das bedeutet, dass man heute keineswegs ein Leben lang im einmal erlernten Beruf arbeiten muss – und kann. Wer schon während der Ausbildung offen für Neues ist, seine Talente und Interessen einbringt und bereit ist, sich weiterzubilden, hat mehr noch als aufgrund guter Noten die besten Zukunftschancen. Nicht nur, weil er auf Dauer eine spannende Tätigkeit findet, für die es sich einzusetzen lohnt. Mit zusätzlichen Kenntnissen und Erfahrungen setzt er sich zudem von anderen Konkurrenten ab, die sich mit der gleichen Ausbildung um eine Stelle bewerben.

Auslandsexperten sind gefragt

Engagement und Initiative beweist auch ein Auslandsaufenthalt. Vor allem während der Ausbildung oder im Studium bieten sich gute Gelegenheiten, einmal dort zu leben, wo andere nur Urlaub machen können. Viele Unternehmen haben Zweigstellen, Tochterfirmen oder Kooperationspartner in anderen Ländern, bei denen man Auslandserfahrungen sammeln kann. Zudem gibt es zahlreiche Einrichtungen und Organisationen, die weltweit Ausbildungen oder Praktika vermitteln. Ein Auslandsaufenthalt sollte möglichst frühzeitig geplant werden, da die Bewerbung und Vorbereitung einige Zeit in

English please

Englischkenntnisse sind heute schon fast eine Einstellungsvoraussetzung. Drei Viertel aller Betriebe erwarten, dass ihre kaufmännischen Angestellten die Wirtschaftssprache Nummer eins beherrschen, die Hälfte wünscht zudem, dass ihre Mitarbeiter anderen Kulturen gegenüber tolerant und aufgeschlossen sind. Als Grund gaben die Firmen in der Umfrage des Kölner Instituts der Deutschen Wirtschaft an, dass die internationalen Geschäfte für sie eine wichtige Einnahmequelle sind.

Die Unternehmen tun selbst einiges, um die Sprachkenntnisse der Mitarbeiter zu verbessern: Ein Viertel der Firmen unterrichtet die Azubis selbst, immerhin ein Fünftel ermöglicht den künftigen Fachkräften Auslandspraktika.

Anspruch nimmt. Ratsam ist es auch, seine Sprachkenntnisse aufzufrischen, um sich vor Ort möglichst schnell einzuleben. Es kann auch nichts schaden, etwas Geld auf die Seite zu legen, da selbst Stipendien und Förderprogramme nur geringe finanzielle Unterstützungen bereitstellen. Doch selbst vorübergehende Entbehrungen werden später belohnt, da die Zeit in der Fremde einen wertvollen Qualifikationsvorsprung verschafft. Denn für drei Viertel aller Unternehmen spielen internationale Geschäftsbeziehungen eine große Rolle.

Arbeiten im Ausland

Informationen über Praktika, Ausbildung, Austausch und Studium in Europa gibt es unter ***www.eurogate2000.de*** *und* ***www.arbeitsamt.de.*** *Die Europäische Union fördert im Rahmen des Programms Leonardo da Vinci Auslandspraktika von Auszubildenden und Studenten. Auskünfte gibt es beim Ausbilder im Betrieb, bei der Berufsschule, bei den Handwerkskammern oder für Studenten beim Deutschen Akademischen Austauschdienst DAAD (****www.daad.de****).*

Während des freiwilligen Jahrs kann man auch im Ausland in sozialen, kulturellen oder umweltpolitischen Einrichtungen mitarbeiten. Infos dazu gibt es bei den Freiwilligen sozialen Diensten im europäischen Ausland e.V., Carl-Mosterts-Platz 1 in 40477 Düsseldorf und beim internationalen Jugendaustausch- und Besucherdienst der Bundesrepublik Deutschland unter ***www.ijab.de.***

Erfolgreich bewerben

Ob Ausbildungs- oder Arbeitsstelle: Früher oder später muss wohl jeder einmal ein Bewerbungsschreiben verfassen und ein Vorstellungsgespräch überstehen. Auf beides sollte man sich sorgfältig vorbereiten, da schließlich sehr viel davon abhängt.
Wie eine ordentliche Bewerbungsmappe aussieht, kannst du in vielen Ratgebern nachlesen. Das Arbeitsamt bietet sogar Kurse an, in denen du lernen kannst, dich richtig zu bewerben und überzeugend aufzutreten. Hier nur einige der wichtigsten Tipps:

Das Bewerbungsschreiben

Das Bewerbungsschreiben ist die Visitenkarte, mit der du das Interesse an dir weckst. Äußere Form und Inhalt sind gleichermaßen wichtig.

- ***Alle Bewerbungsunterlagen sollten in einwandfreiem Zustand sein. Flecken und Eselsohren machen einen schlechten Eindruck.***
- ***Auf Tipp- und Formfehler achten, die vermuten lassen, dass du dir keine Mühe gegeben hast. Lass am besten Außenstehende die Unterlagen kontrollieren.***
- ***Das Anschreiben sollte deutlich machen, warum du dich gerade für diese Stelle interessierst. Allgemeine Floskeln, die auf jede Ausschreibung zutreffen könnten, sind wenig überzeugend.***
- ***In der Regel erwartet der Arbeitgeber übersichtliche und sachliche Bewerbungen. Ausgefallen darf die Selbstdarstellung bei Werbeagenturen oder jungen Internetfirmen sein, die auf Kreativität und Originalität achten.***

Das Vorstellungsgespräch

Jetzt zählt das persönliche Erscheinungsbild. Wenn du einige Ratschläge beherzigst, wirst du gelassener in das Vorstellungsgespräch gehen.

- Das richtige Auftreten probierst du am besten in einem Rollenspiel mit Eltern oder Freunden aus.
- Bereite dich auf mögliche Fragen nach deinen Zielen, Stärken und auch Schwächen vor. Erkundige dich, wann du keine Auskunft geben musst und wie du in solchen Momenten am besten reagierst.
- Überleg dir überzeugende Argumente für schlechte Noten, abgebrochene Ausbildungen oder Lücken im Lebenslauf.
- Die Selbstdarstellung sollte echt und unverkrampft wirken. Schauspielerei schadet dir selbst, da im Vorstellungsgespräch geprüft wird, ob du in das Unternehmen und das Team passt.
- Entspannungsübungen helfen, das Lampenfieber im Zaum zu halten.
- Informiere dich im Internet oder bei einem Verband über das jeweilige Unternehmen. Das beweist dein Interesse an der Stelle.
- Ein gepflegtes und seriöses Äußeres ist nie falsch, in bestimmten Branchen darf es auch flott und leger sein.

Job per Internet

Immer mehr Firmen schätzen die Bewerbung über das Internet. Sie ist schneller, einfacher und beweist den Personalchefs, dass die Bewerber aufgeschlossen für die neuen Techniken sind. Doch mit einer einfachen E-Mail ist es nicht getan. Auch die elektronische Selbstdarstellung sollte, wie die klassische Papierform, aussagekräftig und ausführlich sein. Ebenfalls über das Internet kann man auch seine Chancen auf einen Ausbildungsplatz oder einen Beruf durch ein Stellengesuch in einer der zahlreichen Stellenbörsen verbessern.
Bei Anbietern wie **www.stepstone.de** oder **www.jobscout24.de** trägt man dazu seine Berufsvorstellungen und den Lebenslauf in eine Datenbank ein, in der die Arbeitgeber nach ihren Wunschkandidaten suchen können.

Pädagogik, Gesundheit, Soziales

- Erziehen und Betreuen
- Lehren und Lernen
- Unterstützen und Vermitteln
- Medizin und Psychologie
- Helfen und Heilen
- Pflegen

Der Dienst am Menschen

Im Mittelpunkt der pädagogischen, medizinisch-therapeutischen und sozialen Berufe steht der Mensch – er muss unterrichtet, gepflegt, behandelt werden. Wenn du dich für diese Tätigkeiten interessierst, solltest du, je nach Einsatzbereich, vor allem Spaß am Umgang mit Erwachsenen, Jugendlichen und Kindern haben. Weitere unerlässliche Voraussetzungen sind Belastbarkeit und psychische Stabilität, da die Arbeit mit anderen Menschen immer Auseinandersetzungen und Spannungen mit sich bringt. Auch Geduld ist erforderlich, da Patienten, Klienten und Schüler in ihrem individuellen Tempo und entsprechend ihren Fähigkeiten zu dem gewünschten Ziel geführt werden müssen. Das Spektrum der Berufe in diesem Bereich ist weit. Es umfasst Tätigkeiten mit helfenden, pflegenden, erzieherischen oder didaktischen Schwerpunkten. Du solltest also weiterhin prüfen, auf welche Weise du am liebsten mit Menschen umgehen möchtest. Stellt es sich dabei heraus, dass du weniger soziale oder pädagogische Neigungen hast, sondern dich kaufmännische oder wirtschaftliche Tätigkeiten stärker ansprechen, kannst du auch im Dienstleistungsbereich einen geeigneten Beruf finden.

Wichtigste Voraussetzungen

- Freude am Umgang mit Menschen
- Kontaktfähigkeit und Einfühlungsvermögen
- Nervliche Belastbarkeit und psychische Stabilität
- Gutes Ausdrucksvermögen
- Sicheres Auftreten und Durchsetzungsvermögen
- Spaß am Vermitteln von Wissen und Fertigkeiten
- Gepflegtes Äußeres und gute Umgangsformen

Idealismus gehört dazu

Die Berufsaussichten im sozialen und pädagogischen Bereich sind gut, da das Gesundheits- und Erziehungswesen in unserer Gesellschaft trotz bisweilen drastischer Sparmaßnahmen eine wichtige Rolle spielt. Das Einkommen entspricht in der Regel leider nicht der Bedeutung und den Anforderungen dieser Berufe. Vor allem in der Pflege werden sehr viel Idealismus und Leistungsbereitschaft verlangt, während die Gehälter eher bescheiden sind. Bessere Aussichten bieten dagegen Schulungs- und Betreuungsberufe in der Wirtschaft.

Pädagogisches und soziales Engagement

Menschen in ihrer Entwicklung zu fördern ist eine äußerst erfüllende Aufgabe. Sie stellt aber auch eine große Herausforderung an die eigene Persönlichkeit dar. Man muss sich mit den Problemen anderer auseinander setzen, Konflikte aushalten und seelisch stark sein. Auch sehr viel Idealismus ist erforderlich, da die Bezahlung im Sozialbereich eher mager und die Arbeitsplatzsuche oft schwierig ist.

Erzieher

Ein Dutzend Kinder einen Vormittag lang zu beschäftigen gleicht dem Hüten eines Sacks voller Flöhe. Erzieher, die in Kindergärten oder Heimen arbeiten, müssen daher eine Menge Spaß am Zusammensein mit den jungen Wildfängen haben, aber auch Durchsetzungsfähigkeit und sehr viel Geduld aufbringen. Zentrale Aufgabe der Erzieher ist die Beschäftigung der Kinder, wodurch vor allem ihre körperliche und geistige Entwicklung gefördert werden soll.
Die Tätigkeit erfordert sehr viel Engagement, gute Zusammenarbeit im Team der Mitarbeiter und musische Fähigkeiten.
Eine weitere Herausforderung ist die Integration der Eltern in die Arbeit der Betreuungsstätten. Ein zusätzliches Arbeitsfeld eröffnet sich in betriebseigenen Kindergärten und Horten.

Verwandte Berufe

Kinderpfleger werden an Berufsfachschulen in der Erziehung, Pflege und Ernährung von Säuglingen, Kleinkindern und Kindern ausgebildet. Sie arbeiten in Familien, Kindergärten und Kinderkrankenhäusern. Im Gegensatz zum Erzieher genügt der Hauptschulabschluss.

Voraussetzungen

Mittlere Reife oder Abitur, **Ausbildung:** drei Jahre Fachschule für Sozialpädagogik,
Einstiegsgehalt: ca. 15 000 Euro,
Info: Verband Bildung und Erziehung, Berlin,
www.vbe.de

Sozialarbeiter/ Sozialpädagoge

Sie arbeiten an den sozialen Brennpunkten der Gesellschaft. In der Jugendarbeit betreuen sie Jungen und Mädchen, die Probleme in der Schule oder mit den Eltern haben. In Jugendzentren organisieren sie Freizeitangebote für Kinder und Jugendliche, in Flüchtlingsheimen bemühen sie sich um die Integration von Zuwanderern und Asylbewerbern, in der Suchthilfe kümmern sie sich um Drogenabhängige. Zu den Grundanforderungen an Sozialarbeiter gehören sehr viel Geduld im Umgang mit Menschen, pädagogisches Feingefühl und eine hohe seelische Belastungsfähigkeit. Neben der Arbeit mit den Betroffenen vor Ort müssen sie sich sehr gut in Rechtsfragen und Vorschriften auskennen, da zu ihren Aufgaben sowohl die umfassende Beratung ihrer Klienten wie auch sehr viel Verwaltungsarbeit gehören. Sozialarbeiter werden vorwiegend von den Kommunen, Kirchen, Wohlfahrtsverbänden oder Jugendorganisationen eingestellt.

Voraussetzungen

Fachhochschulreife, **Ausbildung:** mindestens sechs Semester an einer Fachhochschule und einjähriges Berufspraktikum, **Einstiegsgehalt:** ca. 15 000 Euro, **Info:** Deutscher Berufsverband für Sozialarbeit, Sozialpädagogik und Heilpädagogik e. V., Essen, Tel. 02 01/82 07 80, www.dbsh.de

Hart im Nehmen

Es hört sich so nach hartem Jungen und Abenteurer an: Streetworker. Vielleicht bin ich es auch deshalb geworden. Hart ist der Job tatsächlich oft. Aber anders, als man sich das vielleicht vorstellt. Eher weil man viele Rückschläge und großes Misstrauen aushalten muss, wenn man in der Drogenszene oder mit straffälligen Jugendlichen arbeitet.

Jürgen, 32 Jahre, Suchtberater

Zum Lehrer berufen

Einmal heißt es, es gäbe zu viele Lehrer, dann sind es wieder zu wenige. Wahr ist: Wer sich berufen fühlt, anderen Menschen Wissen zu vermitteln, sollte sich von derlei widersprüchlichen Nachrichten nicht abschrecken lassen. Denn Prognosen, wie viele Lehrer künftig gebraucht werden, können schnell überholt sein. In bestimmten Schularten werden immer gute Pädagogen gesucht. Vielversprechende Aussichten auf gut bezahlte Lehrerjobs hat zudem, wer sich nicht unbedingt auf eine Karriere im staatlichen Schuldienst versteift. Die neue Medienwelt benötigt Trainer, die sich mit der komplizierten Technik auskennen und diese verständlich erklären können. Für den Unterricht in Firmen oder privaten Bildungsstätten werden nicht selten Tageshonorare von über 500 Euro gezahlt. Ein weiteres lohnendes Einsatzgebiet ist die berufliche Weiterbildung, da von Arbeitnehmern heutzutage ein lebenslanges Lernen verlangt wird.

Lehrer

Die Aussichten auf sechs Wochen Sommerferien und nur vormittags Unterricht haben schon manchen dazu verführt, Lehrer zu werden. Vergessen wird dabei, dass die Unterrichtsvorbereitung, die zahllosen Konferenzen und die ständigen Prüfungskorrekturen sehr viel Zeit kosten. Außerdem brauchen Lehrer Nervenstärke, Überzeugungskraft und Freude an ihren Fächern. Wer dann noch gerne mit jungen Menschen arbeitet, kann sehr viel Erfüllung in seinem Job finden. Allzu enttäuscht darf man allerdings nicht sein, wenn der Lerneifer der Schüler trotz optimaler Unterrichtsgestaltung nicht besonders groß ist. Schließlich weiß jeder aus eigener Erfahrung, dass man in jungen Jahren oft andere Probleme hat, als sich mit Sinuskurven und Gedichtinterpretationen zu befassen.

Voraussetzungen

Die Ausbildung zum Lehrer ist in jedem Bundesland anders geregelt; Auskünfte erteilen die zuständigen Kultusministerien.

Info: Deutscher Lehrerverband, Bonn, Tel. 02 28/21 12 12, www.lehrerverband.de oder Gewerkschaft Erziehung und Wissenschaft, Frankfurt/M., Tel. 069/78 97 30, www.gew.de

Grund- und Hauptschullehrer

werden an Universitäten, Gesamthochschulen und (in Baden-Württemberg und Thüringen) Pädagogischen Hochschulen ausgebildet. Das Studium mit drei Fächerschwerpunkten dauert einschließlich mehrerer Schulpraktika drei bis vier Jahre.

Realschullehrer

studieren ebenfalls an Universitäten, Gesamthochschulen und Pädagogischen Hochschulen, unterrichten aber an Realschulen und Gesamtschulen die Jahrgangsstufen fünf bis zehn.

Gymnasiallehrer

haben an der Universität in zwei oder drei Fächern ein etwa zwölfsemestriges Lehramtsstudium für Gymnasien sowie an der Schule ein maximal zweijähriges Referendariat absolviert. Die jeweiligen Anforderungen an die Lehramtsstudiengänge sind, vor allem was den Nachweis von praktischen Übungen anbelangt, in den einzelnen Bundesländern unterschiedlich.

Berufsschullehrer

bereiten die Auszubildenden in den Betrieben auf die Prüfungen der Handwerks- oder Industrie- und Handelskammern vor. Gefragt ist vor allem Praxiswissen, sodass sich die Berufsschullehrer stets über die neusten technischen Entwicklungen informieren müssen. Alternativ ist auch eine Karriere in einem größeren Unternehmen als Lehrer oder Ausbildungsleiter für den betriebsinternen Unterricht möglich. Voraussetzung für das Studium der Berufspädagogik oder für die Ausbildung als Diplom-Handelslehrer ist das Abitur.
Info: Berufsverband der Lehrer an beruflichen Schulen e. V., Berlin, Tel. 030/40 81 66 50, www.blbs.de

Sonderschullehrer

unterrichten geistig, körperlich und seelisch Behinderte, Blinde, Gehörlose, Stumme, Verhaltensauffällige sowie Sprach- und Lernbehinderte. Die pädagogischen Anforderungen sind höher als bei anderen Schularten.

Durchblick im Mediendschungel

Unser Alltag wird immer stärker von den elektronischen Medien bestimmt. Dadurch steigt auch der Bedarf an pädagogisch geschulten Fachkräften, die den Menschen am Arbeitsplatz und in der Freizeit den Umgang mit den neuen Medien erleichtern. Sie zeigen nicht nur, wie beispielsweise ein Computer bedient oder das Internet genutzt wird, sondern sie helfen, mit dem wachsenden Angebot an Informationen und Unterhaltung umzugehen.

Medienpädagoge

Mit welchen Mitteln lassen sich bestimmte Informationen oder Lerninhalte am besten darstellen? Diese Frage versuchen die Medienpädagogen zu lösen. Sie machen sich Gedanken über den sinnvollen Einsatz von Computer, Video oder Sprachkassetten im Unterricht und entwickeln auch selbst entsprechende Lehrmittel. Ein weiteres Aufgabengebiet für die Medienspezialisten ist die Vermittlung von Medienkompetenz, um Kinder wie Erwachsene vor der Überfülle an Informationen und Bildern zu schützen und ihnen einen sinnvollen Umgang mit den Medien zu vermitteln. Mögliche Arbeitgeber sind Funk- und Fernsehanstalten, Online-Dienste, Lehrbuchverlage und Lernprogrammhersteller. In begrenztem Maß finden Medienpädagogen in Büchereien, Museen und Bildungseinrichtungen eine Stelle.

Verwandte Berufe

Computertrainer unterrichten die Anwender im richtigen Gebrauch von Computer, Multimedia und Internet. Sie müssen die komplizierte Technik anderen mit einfachen Worten erklären können. Die Trainer können in Schulungsfirmen wie in großen Unternehmen mit Einstiegsgehältern von 20 000 Euro rechnen oder als Selbstständige bis zu 100 Euro pro Stunde verlangen.

Voraussetzungen

Abgeschlossenes Studium, z. B. der Erziehungs- oder Kommunikationswissenschaften, aber auch eine soziale oder technische Berufsausbildung,
Ausbildung: Aufbaulehrgänge und Weiterbildung,
Einstiegsgehalt: ca. 20 000 Euro,
Info: AIM KoordinationsCentrum Ausbildung in Medienberufen, Köln, Tel. 02 21/650 08 50, www.aim-mia.de;
Bildungswerk Medien e. V., Hamburg, Tel. 040/390 61 01

Teletutor

Zu Hause die Schulbank drücken: Das Internet hat diese Form des Lernens wesentlich vereinfacht. So bietet die Fernuniversität Hagen zwar bereits seit Jahren die Möglichkeit, ein Studium zu absolvieren, ohne den Wohnsitz zu wechseln. Doch statt die Kursunterlagen per Post zu verschicken, können die Studenten jetzt per E-Mail, Diskussionsforum, Online-Chat oder Videokonferenz an den Kursen teilnehmen. Betreut werden die Online-Studenten von den Teletutoren oder Teletrainern, die die Schulungen organisieren und den Unterricht über das Netz durchführen.

Voraussetzungen

Studium, möglichst in wirtschaftswissenschaftlichen oder geisteswissenschaftlichen Fächern, dazu die Bereitschaft, sich mit technischen Fragen auseinander zu setzen, **Ausbildung:** „Learning by doing“ für Quereinsteiger,
Einstiegsgehalt: je nach Tätigkeit zwischen 25 000 und 35 000 Euro,
Info: tele-akademie, Furtwangen, www.fh-furtwangen.de

Verwandte Berufe

Technical Trainer weisen im Auftrag einer Beratungsfirma oder eines Softwarehauses die Mitarbeiter von Unternehmen in die Nutzung einer neuen Soft- oder Hardware ein. Der Job ist mit vielen Reisen verbunden, da die Schulungen meist vor Ort in den Firmen stattfinden.
Info: Deutscher Didacta Verband, Darmstadt, www.didacta-verband.de

Mediendidaktiker entwickeln Software auf CD-ROM für das Lernen zu Hause oder im Unternehmen. Informatik-Kenntnisse sind Voraussetzung, da die Mediendidaktiker umfangreiche Programme mit Bildern, Tönen und Texten erstellen müssen. Wichtig ist auch didaktisches Verständnis, da sie auf alle möglichen Fragen der Schüler eingehen müssen. Das Einstiegsgehalt bei Schulbuchverlagen und Multimedia-Firmen liegt bei 25 000 Euro.
Info: Verband der Unterhaltungssoftware Deutschland e. V., Paderborn, Tel. 052 51/77 19 50, www.vud.de (auch für Lernsoftwareentwickler)

Pfadfinder im Berufsleben

Die Anforderungen an die Weiterbildung im Berufsleben werden immer größer. Auch Hektik und Stress am Arbeitsplatz nehmen allerorts zu. In diesen Situationen kommen Managementtrainer und professionelle Berater zum Einsatz. Sie zeigen den Arbeitnehmern auch Perspektiven auf, wie sie sich beruflich weiterentwickeln und ihre Talente richtig zur Geltung bringen können, ein wesentliches Kriterium für die Zufriedenheit im Berufsleben. Immer mehr Unternehmen greifen auf die Dienste dieser Spezialisten zurück, weil sie erkannt haben, wie wichtig die persönliche Motivation und die gute Zusammenarbeit ihrer Mitarbeiter für den Unternehmenserfolg sind.

Managementtrainer

An die Leute in den Chefetagen der Unternehmen werden hohe Anforderungen gestellt. Um auf Dauer Spitzenleistungen zu bringen und auf dem neusten Stand moderner Führungstechnik zu bleiben, lassen sich die Manager immer wieder von speziellen Ausbildern und Lehrern in Themen wie Mitarbeiterführung, Selbstdarstellung oder neueste Managementmethoden schulen. Wer den Führungskräften etwas beibringen will, muss natürlich selbst über sehr viel Wissen und Erfahrung verfügen.

Verwandte Berufe

Coachs sind keine Berufsberater im eigentlichen Sinn, obwohl sie helfen, die richtige Arbeit zu finden. Sie versuchen vor allem den Blick ihrer Kunden für ihre Stärken und Schwächen zu schärfen, damit diese selbst einen Blick für den passenden Beruf bekommen.

Voraussetzungen

Je nach Trainingsschwerpunkt fundierte Ausbildung als Betriebswirt, Psychologe oder Lehrer, **Ausbildung:** Spezialisierung und Fortbildung bei Management-Instituten, **Einstiegsgehalt:** bis zu 35 000 Euro, **Info:** Berufsverband Deutscher Unternehmensberater (BDU) e. V., Bonn, Tel. 02 28/916 10, www.bdu.de

Mediator

Mediatoren helfen vielen Menschen als professionelle Streitschlichter – nicht nur bei Scheidungen, sondern bei Auseinandersetzungen aller Art.
Sie befassen sich mit Konflikten am Arbeitsplatz, mit Arbeitskämpfen zwischen Belegschaft und Unternehmensführung, mit Nachbarschaftsstreitigkeiten und strittigen Umweltfragen. Da es in den meisten Fällen um rechtliche Auseinandersetzungen geht, kommen viele Mediatoren aus dem Anwaltsberuf. Aber auch Psychologen oder Sozialarbeiter übernehmen die Schlichtung von Streitigkeiten.

Verwandte Berufe

Supervisoren im sozialen Bereich helfen Menschen, durch Gespräche mit besonders belastenden Situationen fertig zu werden. In Unternehmen befassen sie sich meist als externe Berater mit der Begleitung und Förderung der Mitarbeiter.
Info: Deutsche Gesellschaft für Supervision, Köln, www.dgsv.de

Voraussetzungen

Abgeschlossene Ausbildung und mehrjährige Berufserfahrung als Jurist, Psychologe oder Sozialarbeiter,
Ausbildung: Weiterbildung in rechtlichen und psychosozialen Fragen,
Einstiegsgehalt: Stundenhonorar nach Vereinbarung, in der Regel zwischen 50 und 100 Euro,
Info: Bundesverband Mediation e. V., Kassel, Tel. 05 61/739 64 13, www.bmev.de; Österreichischer Bundesverband der MediatorInnen, Linz, Tel. 07 32/712 22 23

VERHALTENSSCHULE FÜR MANAGER

Wenn Manager mit ausländischen Geschäftspartnern verhandeln, muss die Verständigung klappen. Doch selbst wenn sie die gleiche Sprache sprechen, kann es zu Missverständnissen kommen. Ursache können unterschiedliche Landessitten und Gewohnheiten sein. Die studierte Ethnologin Claudia Emdorf hat erkannt, dass sich hier eine Chance bietet. Sie bringt Geschäftsleuten bei, wie sie sich im Ausland verhalten müssen, um ihre Verhandlungspartner nicht vor den Kopf zu stoßen – eine sehr gefragte „Nachhilfe".

Boom-Sektor: Gesundheit

Trotz Sparmaßnahmen bei Staat und Krankenversicherungen ist die Beschäftigungslage im Gesundheitssektor nach wie vor sehr gut. Die Folgen der beruflichen Belastungen, der Zivilisationskrankheiten und Umweltschäden sowie die steigende Lebenserwartung sorgen für einen stetig wachsenden Bedarf der Bevölkerung an medizinischer und heilkundiger Versorgung.

Arzt

Die Ausbildung zum Arzt dauert lange: mindestens zwölf Semester Studium, anschließend weitere 18 Monate Arzt im Praktikum ohne Verdienst. Erst dann erhält man die so genannte Approbation, die zur selbstständigen Arbeit als Arzt berechtigt. Und nun folgen noch fünf Jahre als Assistenzarzt an einer Klinik, in der man sich zum Allgemeinmediziner oder Facharzt weiterbildet. Doch die umfassende Ausbildung ist berechtigt, schließlich geht es bei der Gesundheit um das wesentlichste Gut des Menschen. Aber auch nach dem Studium hört die intensive Schulung nicht auf. Fachliteratur, Seminare und Kongresse sollen gewährleisten, dass die Mediziner auf ihren Fachgebieten stets auf dem neusten Stand sind. Wie umfangreich die Betreuung der kranken Menschen geworden ist, beweist auch die wachsende Spezialisierung der Ärzte. 41 Facharzttitel gibt es mittlerweile. Als Arzt muss man aber nicht nur das medizinische Fachwissen beherrschen und einfühlsam mit den Patienten umgehen können, sondern auch betriebswirtschaftlich denken. Schließlich müssen die Kosten für die eigene Praxis oder für das Krankenhaus verdient werden. Neue Berufsfelder eröffnen sich Medizinern in den Gesundheitswissenschaften und im Medizinmanagement – in der Forschung, in der Erarbeitung von Studien oder in der Geschäftsführung von Großkliniken.

Voraussetzungen

Abitur, **Ausbildung:** mindestens zwölf Semester Studium und 18 Monate Arzt im Praktikum, **Einstiegsgehalt:** ca. 40 000 Euro, **Info:** Bundesärztekammer, Köln, Tel. 02 21/400 40, www.baek.de; Österreichische Ärztekammer, Wien, Tel. 01/514 06 43, www.aek.or.at; FMH-Verbindung der Schweizer Ärzte, Bern, Tel. 031/359 11 11, www.fmh.ch

Verwandte Berufe

Zahnärzte absolvieren an einer wissenschaftlichen Hochschule ein zehn Semester dauerndes Studium der Zahnheilkunde.
Info: Deutsche Gesellschaft für Zahn-, Mund- und Kieferheilkunde DGZMK, Düsseldorf, Tel. 02 11/610 19 80, www.dgzmk.de

Psychologen helfen bei Verhaltensschwierigkeiten im Alltag und bei seelischen Krisen. Ihr Aufgabengebiet ist breit gefächert. Sie arbeiten in Schulen, in Unternehmen, für die Werbung oder in der Forschung.
Info: Bundesverband Deutscher Psychologinnen und Psychologen e. V., Berlin, Tel. 030/ 206 79 80, www.bdp-verband.org

Psychiater versuchen, psychische Krankheiten zu erkennen und zu heilen. Sie arbeiten in Praxen oder Kliniken und haben eine Ausbildung als Arzt und spezialisieren sich in der Regel auf bestimmte Therapieformen.
Info: Deutsche Gesellschaft für Psychiatrie, Psychotherapie und Nervenheilkunde, Augsburg, Tel. 0821/480 31 82, www.dgppn.de

Heilpraktiker setzen auf die ganzheitliche Behandlung von Körper, Seele und Geist. Sie verwenden dabei Mittel der Naturmedizin. Um Heilpraktiker zu werden, genügt das Bestehen einer Prüfung beim Gesundheitsamt. Spezielle Schulen helfen bei der Vorbereitung.
Info: Fachverband Deutscher Heilpraktiker e. V., Bonn, Tel. 02 28/61 10 49, www.heilpraktiker.org

Apotheker haben Pharmazie studiert und kennen sich mit den Wirkstoffen und Nebenwirkungen der Medikamente und Heilmittel, die sie verkaufen, aus. Außerdem werden Apotheken zunehmend zu Fachgeschäften für gute Kosmetika und Körperpflege. Arbeitsplätze gibt es auch in der pharmazeutischen Industrie in der Forschung und Arzneimittelprüfung.
Info: Bundesvereinigung Deutscher Apothekerverbände, Eschborn, Tel. 061 96/92 80, www.abda.de

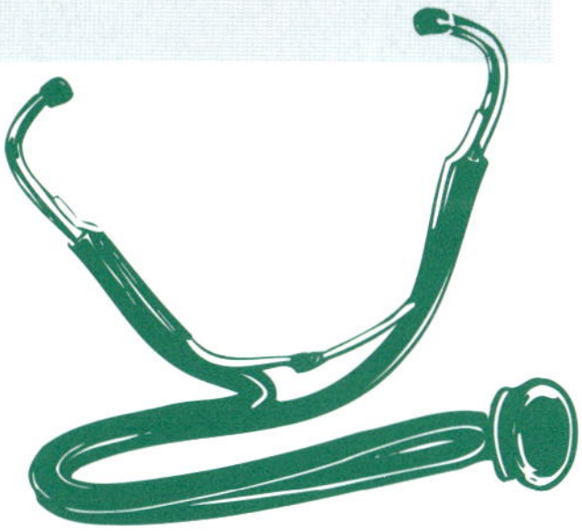

Arzthelfer

Arzthelfer sind die rechte Hand des Arztes. Sie sorgen vor allem dafür, dass der Praxisbetrieb reibungslos funktioniert. Sie müssen sich um die Patienten kümmern, mit den medizinischen Instrumenten und Apparaten umgehen können und die Pflege der Patientenkartei übernehmen. Teamgeist, Kontaktfähigkeit und ein hohes Maß an Verantwortung sind dabei in diesem immer noch vorwiegend von Frauen ausgeübten Beruf gefragt. Arzthelfer arbeiten nicht nur in Praxen, sondern auch in der Verwaltung von Krankenhäusern, bei Ärztekammern, kassenärztlichen Vereinigungen und Krankenversicherungen.

Voraussetzungen

Hauptschulabschluss, **Ausbildung:** dreijährige Lehre in Arztpraxis und Berufsschule. Die Ausbildung ist auf allgemeinmedizinische Inhalte ausgerichtet, die Fachrichtung ist anschließend frei wählbar. Berufsbegleitend gibt es die zweijährige Weiterbildung zum Arztfachhelfer, der eher für Verwaltungstätigkeiten und in der Gesundheitsberatung eingesetzt wird, **Einstiegsgehalt:** ca. 12 000 Euro, **Info:** bei jeder örtlichen Ärztekammer, bei Ärzten oder beim Berufsverband der Arzt-, Zahnarzt- und Tierarzthelferinnen, Dortmund, Tel. 02 31/556 95 90, www.bda-online.com

Es war nicht leicht, eine Ausbildungsstelle als Arzthelfer zu finden, weil normalerweise nur Frauen genommen werden. Vielleicht glauben die Ärzte, dass Männer nicht so gut auf die Patienten eingehen. Mir hat der Job schon immer gefallen, weil er sowohl mit Organisation wie mit Menschen zu tun hat. Und jetzt bin ich froh, dass ich mich nicht durch die Vorurteile habe abschrecken lassen.

Thomas, 17 Jahre

BARBIERE UND BADER

waren bis ins späte Mittelalter für die Körperpflege und die wundärztliche Versorgung der Bevölkerung zuständig. In ihren Badstuben wuschen sie nicht nur Haare und rasierten die Bärte, sondern zogen Zähne, setzten Schröpfköpfe und ließen zur Ader. Die Barbiere arbeiteten zudem als Chirurgen, die mit Messern und Sägen Gliedmaßen amputierten, Luftröhren aufschnitten und Geschwüre entfernten. Ärzte stellten zur damaligen Zeit nur die Diagnose und behandelten innere Krankheiten.

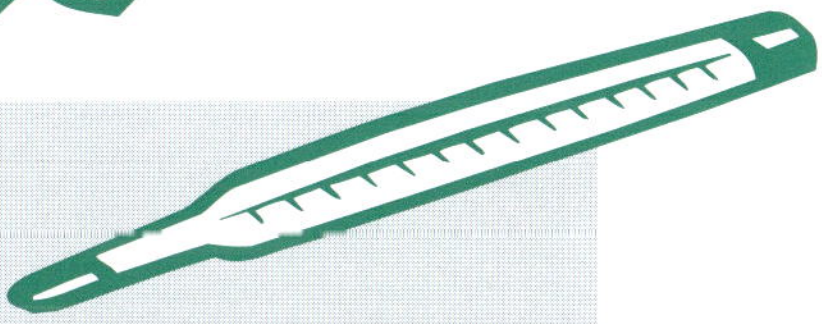

Verwandte Berufe

Medizinisch-technische Assistenten sind für die Bedienung komplizierter Labor- und Analysegeräte in Artpraxen und Kliniken ausgebildet. Auf Anweisung der Ärzte führen sie Untersuchungen an Patienten durch und werten sie aus.
Info: Deutscher Verband Technischer Assistenten in der Medizin e. V., Hamburg, www.dvta.de.

Medizinische Dokumentationsassistenten arbeiten in Kliniken und sind dort für die sachgerechte Aufbewahrung und Verwaltung von medizinischen Daten zuständig. Dabei nutzen sie zunehmend die Möglichkeiten moderner Computertechnik.

Medizintechniker stellen sicher, dass die medizinischen Apparate in Kliniken und Praxen zuverlässig funktionieren. Für die Hersteller liefern die Spezialisten die Geräte und Maschinen an die Ärzte und warten sie anschließend.

Heilberufe – ein weites Feld

Heilberufe behandeln Beschwerden, Krankheiten und Behinderungen durch sanfte Therapien. Die Therapeuten arbeiten bei der Diagnose in der Regel eng mit Ärzten und Psychologen zusammen und unterstützen diese durch ihre speziellen Kenntnisse bei der Behandlung ihrer Patienten. Um die hilfs- oder fachmedizinischen Tätigkeiten ausüben zu dürfen, ist eine staatlich anerkannte Berufsausbildung erforderlich.

Diätassistent

Bei Diät denken die meisten ans Abnehmen durch Schlankheitskuren. Diät hat aber in erster Linie mit gesunder und bewusster Ernährung zu tun. Diätassistenten sollen den Menschen helfen, die für ihre Bedürfnisse richtigen Essgewohnheiten zu finden. Manchmal ist dies auch lebenswichtig, etwa bei Stoffwechselerkrankungen wie Diabetes. Die Ernährungsexperten sind in der Beratung tätig, planen die Essenszubereitung in Kliniken, Reha-Einrichtungen und Hotels oder sind in der Ernährungsforschung und Nahrungsmittelindustrie beschäftigt.

Voraussetzungen

Mittlere Reife, **Ausbildung:** dreijährige Ausbildung an einer Fachschule, die bei privater Trägerschaft ein Lehrgeld verlangt, **Einstiegsgehalt:** ca. 18 000 Euro, **Info:** Verband der Diätassistenten, Deutscher Bundesverband e. V., Köln, Tel. 02 11/16 21 75, www.vdd.de

Verwandte Berufe

Ernährungsberater sollen helfen, durch falsche Ernährung bedingte Krankheiten zu vermeiden. Sie arbeiten für Krankenkassen, Sanatorien, Lebensmittelhersteller oder in Hotels.

Gesundheitsmanager verwalten die Gelder von größeren Pflege- und Gesundheitseinrichtungen. Zugang zum Beruf erlangt man durch langjährige Berufserfahrung, durch Weiterbildung an Akademien oder über ein Wirtschaftsstudium.
Info: Deutsche Krankenhausgesellschaft, Düsseldorf, Tel. 02 11/45 47 30, www.dkgev.de

Oecotrophologen

Eine komplizierte Berufsbezeichnung, dabei lautet die Übersetzung für Oecotrophologie schlicht die Wissenschaft von Haushalt und Ernährung. Diese Spezialisten geben für Verbraucherorganisationen Auskunft in Ernährungsfragen, arbeiten in der Nahrungsmittelindustrie, für Haushaltsgerätehersteller sowie im öffentlichen Dienst oder unterrichten an Berufs- und Fachschulen. Ähnliche Aufgaben übernehmen Hauswirtschafter, Meister der Hauswirtschaft sowie staatlich geprüfte Wirtschafter und Hauswirtschaftsleiter.

Voraussetzungen

Fachhochschulreife oder Abitur, **Ausbildung:** vierjährige Ausbildung an einer Fachhochschule, **Einstiegsgehalt:** ca. 18 000 Euro, **Info:** Verband der Diätassistenten, Deutscher Bundesverband e. V., Köln, Tel. 02 11/16 21 75, www.vdd.de

Spannender Organismus

Ich bin Ernährungsberater geworden, weil ich es spannend fand, wie der Organismus funktioniert. Da tauchen immer wieder neue Fragen auf, zumal jeder Mensch anders ist und seine ganze Lebensweise eine große Rolle spielt. Man muss sehr viel Überzeugungsarbeit leisten, um Umstellung zu bewirken, da alte Gewohnheiten verändert werden müssen. Ein Problem ist auch, dass die meisten erst kommen, wenn sie krank sind. Dabei sollte die Beratung eigentlich vorbeugend sein. Doch dafür zahlt leider niemand gerne.

Ingo Zirtzow, 42 Jahre, Ernährungsberater

Krankengymnast

Bänderrisse, Verschleißerscheinungen oder Verspannungen – die Krankengymnasten oder Physiotherapeuten helfen ihren Patienten, mit vorsichtigem Bewegungstraining wieder fit zu werden. Die Therapeuten legen entsprechend dem Befund des Arztes die richtige Behandlung mit Bewegung, Wärmeanwendung oder Bädern fest. Ihre Aufgabe ist es aber auch, dem Patienten die Eigenverantwortung für seinen Körper bewusst zu machen und ihn beispielsweise zu einem dauerhaften selbstständigen Muskelaufbau zu motivieren. Durch die Bewegungsarmut der Bevölkerung und die schlechte Sitzhaltung vieler Büroangestellten werden Krankengymnasten auch künftig genug zu tun haben. Sie arbeiten vorwiegend in Gemeinschaftspraxen, Badeanstalten und Rehabilitationszentren. In der Nachsorge oder Rehabilitation helfen die Therapeuten Patienten, die nach einer Krankheit oder einem Unfall behindert sind.

Verwandte Berufe

Masseure
bewirken Heilungsprozesse durch Kneten und Reiben der Muskulatur und des Bindegewebes. In Badeanstalten, Krankenhäusern, Praxen und Fitnesszentren verabreichen sie Bäder, Heilpackungen und Inhalationen.
Info: Bund der selbständigen Masseure e. V., Berlin, Tel. 030/306 25 81

Voraussetzungen

Mittlere Reife und vollendetes 17. Lebensjahr
Ausbildung: drei Jahre an einer Physiotherapie-Schule, **Einstiegsgehalt:** ca. 23 000 Euro,
Info: Deutscher Verband für Physiotherapie – Zentralverband der Physiotherapeuten/Krankengymnasten (ZVK) e. V., Köln, Tel. 02 21/981 02 70, www.zvk.org

Logopäde

Über eine Million sprach-, sprech- und hörgeschädigte Menschen gibt es in Deutschland, darunter Kinder mit entwicklungsbedingten Sprachstörungen und organischen Schwierigkeiten wie auch ältere Menschen mit Sprachverlust nach Schlaganfällen oder Menschen mit krankheitsbedingten Verständigungsproblemen. Logopäden behandeln geduldig alle diese Krankheitsbilder, die in vielen Fällen einen Verlust der Kommunikationsfähigkeit und damit eine Vereinsamung zur Folge haben. Die Therapie besteht aus Sprechübungen, die in eine umfassende psychologische und pädagogische Betreuung der

Patienten eingebettet sind. Logopäden haben gute Berufschancen. Sie arbeiten in Kliniken, Kindertagesstätten und Sonderschulen oder machen sich selbstständig.

Voraussetzungen

Mittlere Reife und vollendetes 18. Lebensjahr
Ausbildung: dreijährige Fachschule mit staatlicher Prüfung,
Einstiegsgehalt: ca. 15 000 Euro,
Info: Deutscher Bundesverband für Logopädie e. V., Frechen, Tel. 022 34/69 11 53, www.dbl-ev.de

Verwandte Berufe

Ergo- oder Arbeitstherapeuten arbeiten mit Körperübungen und Beschäftigungskonzepten und helfen Kindern mit Entwicklungsstörungen, Menschen mit Behinderungen, Suchtkrankheiten und seelischen Schwierigkeiten, im Alltag zurechtzukommen. Nach der dreijährigen Ausbildung arbeiten sie in Kliniken und Praxen.
Info: Deutscher Verband der Arbeits- und Beschäftigungstherapeuten sowie Deutscher Verband der Ergotherapeuten e. V., Karlsbad-Ittelsbach, Tel. 072 48/918 10, www.ergotherapie-dve.de

Musiktherapeuten behandeln Entwicklungs- und Verhaltensstörungen, psychosomatische Erkrankungen und psychische Krankheiten. Die Ausbildung setzt Musikalität und die Beherrschung mehrerer Instrumente voraus. Eingesetzt werden Musiktherapeuten in der Psychiatrie, in Kliniken, Kur- und Rehabilitationseinrichtungen sowie in Heimen für Behinderte, Kinder und Senioren.
Info: Deutsche Gesellschaft für Musiktherapie (DGMT), Berlin e. V., Tel. 030/29 49 24 93, www.musiktherapie.de

Pflege: ein Wachstumsbereich

Durch die steigende Lebenserwartung entstehen vor allem in der Seniorenbetreuung und Altenpflege immer mehr Jobs. In naher Zukunft soll die Nachfrage nach Pflegeleistungen so stark werden, dass die Pflegekosten steil in die Höhe gehen werden.
Es kann davon ausgegangen werden, dass davon auch die Gehälter profitieren. Wer im Gesundheits- und Pflegebereich arbeiten will, muss seelisch stark belastbar sein und sehr viel Geduld mitbringen.

Krankenpfleger

Wenn man im Pflegedienst eines Krankenhauses arbeiten will, muss man vor allem gerne mit Menschen zu tun haben. Nur so lassen sich die körperlichen und seelischen Belastungen dieses Berufs aushalten. Anstrengend ist nicht nur der durchorganisierte Arbeitstag, Umlagern und Waschen der Patienten kosten körperliche, der Beistand für Menschen in Not und Angst sehr viel seelische Kraft. Wechselnder Schichtdienst bringt den Biorhythmus durcheinander und kann zu gesundheitlichen Problemen führen. Eine Alternative zur Pflege im Krankenhaus sind Jobs bei ambulanten Pflegediensten oder eine Tätigkeit als selbstständiger Pfleger, der Menschen zu Hause betreut. Wer Spaß an organisatorischen Aufgaben hat, kann sich für Leitungsaufgaben im Krankenhaus weiterbilden. Mit Abitur kann man Pflegemanagement, Pflege-Pädagogik oder Pflegewissenschaften studieren.

Voraussetzungen

Mittlere Reife und ein Mindestalter von 17 Jahren. Bei Hauptschulabschluss muss eine zweijährige Berufsausbildung oder eine Ausbildung als Krankenpflegehelfer vorliegen. **Ausbildung:** dreijährige Fachschule, die meistens an ein Krankenhaus angegliedert ist, **Einstiegsgehalt:** ca. 15 000 Euro, **Info:** Deutscher Berufsverband für Pflegeberufe e. V., Hamburg, Tel. 040/220 82 08, www.dbtk.de

Verwandte Berufe

Altenpfleger betreuen und beraten ältere Menschen, sodass sie ein möglichst selbstständiges Leben führen können. Sie sind in Alten- und Pflegeheimen, Krankenhäusern, Altenbegegnungsstätten, Kurheimen und bei Kirchen sowie Wohlfahrtsverbänden beschäftigt.

Altenpflegehelfer unterstützen die Altenpfleger bei ihrer Arbeit. Die Ausbildungsdauer ist entsprechend kürzer. **Info:** Deutscher Berufsverband für Altenpflege e. V., Duisburg, Tel. 02 03/29 94 27

Verwandte Berufe

Sozialbetreuer werden bei der Betreuung älterer und behinderter Menschen sowie in Familien eingesetzt. Sie übernehmen die Gesundheits- und Krankenpflege und versorgen den Haushalt. Voraussetzung sind der Hauptschulabschluss und eine zweijährige Ausbildung.

Sozialassistenten werden von Wohlfahrtsverbänden, kirchlichen Einrichtungen und kommunalen Dienststellen zur Unterstützung in Heimen und Haushalten sowie bei der Familien-, Heilerziehungs- und Kinderpflege eingesetzt. Die Ausbildung dauert ein bis zwei Jahre.

Heilerzieher helfen behinderten Menschen beim Baden, bereiten das Essen zu und haben ein Ohr für die Nöte der Betreuten. Heilerzieher sind gesucht und verdienen oft mehr als Angehörige anderer Pflegeberufe. Voraussetzung ist die mittlere Reife und bis zu einem Jahr Praxis in einer Behinderteneinrichtung.
Info: www.heilerziehungspflege.org

AUSBILDUNG KOSTET

Wer später gut verdienen will, muss erst einmal investieren. Am günstigsten kommt man dabei mit einer Lehre weg, für die man eine Ausbildungsvergütung bekommt. Die sechs- bis elfmonatige Weiterbildung zum Meister kostet dagegen bereits bis zu 7500 Euro. Studenten benötigen nach Angaben des Deutschen Studentenwerks zum Leben und Wohnen im Schnitt fast 650 Euro im Monat. Nach Berechnungen der Deutschen Versicherungswirtschaft müssen künftige Ärzte während ihres Studiums knapp 50 000 Euro aufbringen, Informatiker rund 38 000 Euro und Betriebswirtschaftler an einer Fachhochschule etwas über 30 000 Euro. Um diese gewaltigen Summen aufzubringen, jobben über 60 Prozent aller Studenten.

Geisteswissenschaften, Medien, Kreatives

- Sprachen und Kultur
- Altertum
- Journalismus
- Darstellen und Werben
- Multimedia
- Film und Fernsehen
- Kunst und Gestaltung

Eine bunte Berufswelt

Die bunte Welt der kreativen Berufe in diesem Bereich übt auf junge Menschen eine große Anziehungskraft aus, da eine Tätigkeit als Journalist, Grafiker, Restaurator oder Künstler ein hohes Maß an Selbstverwirklichung und persönlicher Freiheit verspricht. Das trifft in der Regel auch zu. Vergessen wird jedoch häufig, dass der berufliche Erfolg nicht nur durch Begabung und geniale Einfälle, sondern mehr noch als in anderen Berufssparten vor allem durch sehr viel Eigeninitiative, Fleiß und Zähigkeit erreicht wird. In vielen Fällen gibt es weder eine geregelte und zielgerichtete Ausbildung noch klare Anforderungsprofile oder allgemein anerkannte Voraussetzungen für den späteren Beruf. Es kommt daher vielfach auf das eigene Engagement bei der Ausbildung und Qualifikation für den späteren Job an. Auf der anderen Seite bietet dieser Bereich vielseitig interessierten Quereinsteigern, jungen Talenten und einfallsreichen Allroundern ausgezeichnete Chancen, einen auf ihre persönlichen Neigungen und Talente zugeschnittenen Job zu finden.

Wichtigste Voraussetzungen

- Eigeninitiative, Aufgeschlossenheit und Kontaktfähigkeit
- Rasche Auffassungsgabe, Entschlusskraft und Mut zum Improvisieren
- Ideenreichtum, Selbstbestimmung und Beharrlichkeit
- Ständige Lernbereitschaft
- Gutes Sprachgefühl und Kommunikationsfähigkeit
- Risikobereitschaft und Selbstvertrauen
- Offenheit für technische Fragen

(K)ein brotloses Gewerbe

Von den künstlerischen und geisteswissenschaftlichen Berufen wird oft behauptet, dass die wenigsten davon leben können. Tatsächlich gibt es den Bildhauer, dessen Skulpturen auf dem Kunstmarkt nicht gefragt sind und der seine Brötchen deshalb mit Putzen verdienen muss. Doch gerade in den letzten Jahren sind insbesondere für Geisteswissenschaftler und technisch Versierte in der Privatwirtschaft und dort vor allem in der Informations- und Kommunikationsindustrie viele zukunftsträchtige und gut bezahlte Jobs entstanden. Wichtig ist dabei jedoch, dass du nicht stur an den althergebrachten, klassischen Berufsbildern und Laufbahnen festhältst, sondern flexibel auf die Anforderungen des Arbeitsmarkts reagierst und dich auf Neues einlassen kannst.

Sprachen und Kultur

Sprachen eröffnen Horizonte

Spezialisten, die fremde Sprachen beherrschen und sich im Ausland auskennen, sind vor allem in der freien Wirtschaft begehrt. Sie erleichtern den Kontakt zu internationalen Geschäftspartnern und tragen damit zum Markterfolg bei. Für Schöngeister, die sich nicht auf das harte Business einlassen wollen, gibt es dagegen nur noch wenige Berufsnischen, die oft kaum lukrativ sind. Wer im Kulturbereich arbeiten will, braucht ein breites Allgemein- sowie fundiertes Fachwissen in einem bestimmten Bereich. Häufig sind auch repräsentative Aufgaben, Verhandlungsgeschick und betriebswirtschaftliche Kenntnisse für den Job unerlässlich.

Übersetzer

Ihre Aufgabe besteht darin, Texte in eine andere Sprache zu übertragen. Das müssen nicht nur Romane oder Sachbücher sein. In Zeiten grenzüberschreitender Zusammenarbeit sind vor allem Übersetzer von wirtschaftlichen, wissenschaftlichen und technischen Dokumenten gesucht. Dolmetscher übersetzen Gespräche und Reden, etwa bei Konferenzen, geschäftlichen Besprechungen oder Politikertreffen.

Voraussetzungen

Abitur, **Ausbildung:** Studium an Uni oder Fachhochschule, **Einstiegsgehalt:** ca. 25 000 Euro, **Info:** Bundesverband der Dolmetscher und Übersetzer e. V., Bonn, Tel. 02 28/85 81 51, www.bdue.de; Internet-Portal für technische Redakteure und Übersetzer, www.tw-h.de

Weil mir Fremdsprachen schon immer Spaß gemacht haben, wollte ich Dolmetscherin werden. Als ich mich genauer informiert habe, merkte ich, dass mir Fremdsprachenkorrespondentin mehr liegt. Der Beruf ist vielseitiger und man hat sehr viel organisatorische Aufgaben. Dann habe ich ein Praktikum in einer Firma in England gemacht. Das war ein Schock, weil ich viele im Geschäftsleben wichtige Worte nicht kannte. Aber das lernt man leicht, genauso wie den in anderen Ländern üblichen Briefstil und die Höflichkeitsfloskeln.

Maren, 24 Jahre

Fremdsprachenkorrespondent

Firmen mit intensiven Geschäftsbeziehungen im Ausland benötigen Mitarbeiter mit guten Fremdsprachenkenntnissen, die Briefe, Formulare und andere wichtige Unterlagen übersetzen können. Eigenständig arbeitende Fremdsprachenkorrespondenten sind für sämtliche Kontakte mit den ausländischen Geschäftspartnern zuständig, ob per Brief, E-Mail, Telefon oder im direkten Gespräch. Die Beherrschung von mindestens drei Fremdsprachen ist notwendig.

Voraussetzungen

Mittlere Reife, **Ausbildung:** Fachschule oder Fremdspracheninstitut, **Einstiegsgehalt:** ca. 15 000 Euro, **Info:** IBK Göttingen, www.ibk-goettingen.de/edu_voll5.htm

Sprachwissenschaftler

Wer Romanistik, Anglistik oder Germanistik an einer Hochschule belegt, sollte die jeweilige Sprache bereits gut beherrschen. Denn in dem vier bis fünfjährigen Studium werden in erster Linie keine Wörter gelernt, sondern die ältere und neuere Literatur sowie die Sprache selbst wissenschaftlich untersucht. Die beruflichen Chancen der Sprachwissenschaftler haben sich verbessert, seit vor allem in den neueren Berufen der Medien- und Informationsbranche fähige und kreative Köpfe gesucht werden. Voraussetzung ist allerdings, dass man offen für neue Herausforderungen ist. Eher rar sind freie Stellen in den klassischen Berufen für Sprach- und Geisteswissenschaftler, wie Lehrer, Hochschullehrer oder Lektor.

Voraussetzungen

Abitur, **Ausbildung:** Hochschulstudium,
Einstiegsgehalt: ca. 25 000 Euro,
Info: Einen Überblick für Deutsch-Interessierte bietet das Internet unter www.deutsch-netz.de. Ähnliche Seiten gibt es für fast alle Sprachen, etwa für Romanistik unter www.francoromanistes.de. Auskünfte über Studium und Berufschancen geben auch die Studienberatungen an den Universitäten.

Ethnologe

Ethnologie befasst sich mit der Vielfalt der Kulturen und den Beziehungen der verschiedenen Kulturen zueinander. Die Wissenschaftler vergleichen die Lebensweisen verschiedener Völker und versuchen Ähnlichkeiten oder Unterschiede zu erklären. Sie tragen so auch zur Völkerverständigung bei. In den klassischen Berufen in Museen, an Universitäten oder in der Entwicklungshilfe gibt es nur wenige Stellen. Ethnologen arbeiten daher für Parteien und Behörden, in der Computerbranche, als Journalisten oder als Reiseleiter. Neue Chancen eröffnen sich in der Wirtschaft, wo sie sich etwa mit den kulturellen Konflikten in weltweiten Konzernen befassen oder Angestellte auf Einsätze im Ausland vorbereiten.

Voraussetzungen

Abitur, **Ausbildung:** Studium an einer Hochschule, **Einstiegsgehalt:** ca. 15 000 Euro, **Info:** www.ethnologie.de

Kulturmanager

Die Vermittlung von Künstlern, die Konzeption von Theaterprogrammen, Ausstellungen und die Koordinierung eines breiten Kulturprogramms – das ist eine interessante Herausforderung. Wer im Kulturleben fit ist, sich für verschiedenste Kunstrichtungen und neueste kulturelle Trends interessiert, viel Engagement und Idealismus aufbringt und zudem noch führungs- und verhandlungserfahren ist, der kann diese Aufgabe ansteuern. Aufgabe des Kulturmanagers ist es, Mittler zwischen Kulturschaffenden und Nutzern zu sein und das Kulturangebot zum Beispiel einer Stadt zu konzeptionieren, organisieren und koordinieren.

Voraussetzungen

Abgeschlossene Berufsausbildung, meist Studium in einem geisteswissenschaftlichen, sozial- oder wirtschaftswissenschaftlichen oder künstlerischen Fach, **Ausbildung:** Aufbaustudium an einer Universität oder einem privaten Institut, **Einstiegsgehalt:** ca. 35 000 Euro, **Info:** www.kulturmanagement.net

Archivar

Archivare sorgen dafür, dass Texte und Bücher, aber zunehmend auch Bilder und Tonmaterial ordentlich aufbewahrt und schnell gefunden werden. Sie müssen darauf achten, dass ihr Archiv vollständig ist, egal ob dies in einem Unternehmen, in einer Klinik oder einer Bibliothek steht, und dass die Katalogisierung stimmt sowie einzelne Informationen leicht gefunden werden können. Unerlässlich sind Computerkenntnisse, da nicht nur die Kataloge, sondern auch viele Daten elektronisch erfasst werden. Durch den wachsenden Bedarf an Informationen in der modernen Gesellschaft werden immer mehr Archivare gebraucht.

Voraussetzungen

Mittlere Reife und zweijährige Ausbildung im öffentlichen Dienst für Archiv- oder Bibliotheksassistenz; Fachhochschulreife und mindestens drei Jahre Studium für Diplom-Archivar oder -Bibliothekar im gehobenen Dienst, **Einstiegsgehalt:** als Assistent ca. 15 000 Euro, mit Diplom ca. 20 000 Euro,
Info: Verband Deutscher Archivarinnen und Archivare e. V., Weimar, Tel. 036 43/87 02 35, www.vda.archiv.net

Event als Werbung

Große Unternehmen haben die Kulturarbeit entdeckt. Sie veranstalten Ausstellungen, Konzerte und moderne Tanz-Vorführungen, um auf sich aufmerksam zu machen. Organisiert werden diese Veranstaltungen von Event-Agenturen, von denen es allein in Deutschland hunderte kleinere und größere gibt. Zu den wichtigsten Aufgaben der dort beschäftigten Spezialisten, die sich aus Betriebswirten, Geisteswissenschaftlern und Marketing-Fachleuten rekrutieren, gehört allerdings die auffällige Präsentation neuer Auto-Modelle, Computer oder Sportschuhe. Der Job des Event-Managers, für den man sich neuerdings an den Fachhochschulen in Karlsruhe und Düsseldorf ausbilden lassen kann, verlangt außer Kreativität eine hohe Einsatzbereitschaft, da vor Aktionen oft rund um die Uhr gearbeitet wird.

Altertumsforschung

Wer sich beruflich für historische Gebäude interessiert, alte Handschriften entziffert oder antike Münzen sammelt, sollte keineswegs in der Vergangenheit leben. Um frühere Zeiten zu erforschen und ihre Relikte zu erhalten, müssen die neusten Technologien eingesetzt werden. Das Job-Angebot entspricht leider nicht der Bedeutung dieser Spezialisten, die immerhin dafür verantwortlich sind, dass Informationen der Vergangenheit und Gegenwart aufbewahrt, ausgewertet und zugänglich gemacht werden.

Archäologe

Wie haben unsere Vorfahren gelebt? Diese Frage lässt sich nur schwer beantworten, wenn es keine schriftlichen Zeugnisse und Bilder gibt. Archäologen suchen dann im Boden nach Anhaltspunkten und ziehen Rückschlüsse aus den Grabungsfunden. Sie arbeiten vor Ort an den Grabungsstätten, als Experten für bestimmte Epochen in Museen und Restaurationswerkstätten sowie als Wissenschaftler an Hochschulen. Erwartet werden auch regelmäßige Veröffentlichungen über neue Funde oder Erkenntnisse. Archäologen sollten Organisationstalent haben, da sie Forschungsvorhaben leiten müssen, sowie sehr viel Geduld für die Ausgrabung und die wissenschaftliche Arbeit. Die Zahl der Arbeitsplätze ist beschränkt, Erfolg hat man nur mit Durchhaltevermögen und viel Einsatzwillen.

Voraussetzungen

Abitur, **Ausbildung:** Universitätsstudium,
Einstiegsgehalt: ca. 18 000 Euro,
Info: Deutscher Museumsbund, Dresden, Tel. 03 51/484 63 24

Historiker

Sie kennen sich mit den geschichtlichen Zusammenhängen in Politik, Wirtschaft und Gesellschaft aus. Ihre Informationen beziehen sie aus alten Quellen und Berichten, wie Dokumente und Briefe, aber auch aus Zeichen, Bildern und Fotografien. Ihre Erkenntnisse können unter Umständen dazu führen, dass die Gegenwart besser verständlich wird und sogar zukünftige Entwicklungen beschrieben werden können. Historiker lehren und forschen an Hochschulen, Schulen, in Museen und Archiven, einige wenige werden Lektor in einem Verlag. Durch die begrenzten Stellenangebote im öffentlichen Dienst und im Schuldienst gehen viele Geschichtswissenschaftler in die Wirtschaft, in der sie wegen ihrer Kombinationsgabe sowie ihren Fähigkeiten zum analytischen Denken und exakten Arbeiten gerne genommen werden.

Voraussetzungen

Abitur, **Ausbildung:** Studium an einer Universität, **Einstiegsgehalt:** ca. 20 000 Euro, **Info:** Verband der Historiker und Historikerinnen Deutschlands (VHD), Mainz, Tel. 061 31/393 93 60, www.vhd.gwdg.de

Restaurator

Alte Kunstwerke, Möbel, Waffen und andere kulturhistorisch interessante Gegenstände sind kostbare Zeugen einer längst vergangenen Zeit. Restauratoren bemühen sich, die oftmals empfindlichen und vom Zerfall bedrohten Gegenstände möglichst unverfälscht der Nachwelt zu erhalten bzw. ihren ursprünglichen Zustand wiederherzustellen. Sie bedienen sich dabei mit handwerklichem wie künstlerischem Können sowohl traditioneller wie modernster Techniken und Werk- und Wirkstoffen. Restauratoren müssen selbstverständlich auch über ein ausgeprägtes historisches Wissen verfügen.

Voraussetzungen

Fachhochschulreife und Berufserfahrung in einem Handwerksberuf, **Ausbildung:** vier bis fünf Jahre Studium an einer Fachhochschule oder Kunsthochschule zum Diplom-Restaurator, **Einstiegsgehalt:** ca. 20 000 Euro, **Info:** Vereinigung deutscher Restauratorenverbände, Bonn, Tel. 02 28/386 20 38

Verwandte Berufe

Kunsthistoriker
sind auf die kunstgeschichtlichen Entwicklungen, etwa in der Architektur, Bildhauerei, Malerei, Grafik, auch in der Fotografie und beim Film, spezialisiert. **Info:** Verband Deutscher Kunsthistoriker e. V., München, Tel. 089/55 34 88, www.zikg.lrz-muenchen.de/VDK/homepage.htm

Baudenkmalpfleger
setzen in Zusammenarbeit mit den Denkmalämtern historische Gebäude instand. Nach einschlägiger Berufsausbildung und zweijähriger Vollzeitschule gibt es den Abschluss zum staatlich geprüften Baudenkmalpfleger.

Aufregende Jobs mit Stressgarantie!

Schnelligkeit ist Trumpf beim Geschäft mit Nachrichten und Sensationen. Entsprechend hoch ist das Arbeitstempo in der Medienbranche, in der jeder mit seiner Veröffentlichung der Erste sein will. Und das Internet hat diese Entwicklung noch beschleunigt. Wer jedoch Stress verträgt und auch unter Zeitdruck konzentriert arbeitet, kann im Medienbereich aufregende und vor allem vielseitige Jobs finden, die je nach Neigung mehr grafisch, technisch oder journalistisch ausgerichtet sein können.

Journalist und Redakteur

Journalisten arbeiten für Printmedien, Rundfunk und Fernsehen.
Als Online-Journalist sollte man wissen, wie Informationen für die Internet-Seiten inhaltlich aufbereitet und technisch umgesetzt werden. Wer nicht von einer Karriere als der Wahrheit verpflichteter Enthüllungsjournalist träumt, kann auch gut bezahlte Jobs in der Werbung oder Öffentlichkeitsarbeit für Unternehmen finden.
Im Gegensatz zum Journalisten, der Artikel recherchiert und schreibt, sind Redakteure eher für die inhaltliche Gestaltung von Zeitungen, Zeitschriften oder Sendungen zuständig. Sie sichten die aktuellen Nachrichten, vergeben Aufträge an freie Mitarbeiter und sorgen für die richtige Platzierung der Artikel. Wenn dann noch Zeit bleibt, führen sie Interviews oder schreiben eigene Beiträge. Wichtig sind Sprachgefühl, Gelassenheit und schnelle Auffassungsgabe.

Voraussetzungen

Für Volontariat meistens, für Studium generell Abitur, **Ausbildung:** zweijähriges Volontariat bei einer Zeitung, in einer Online-Redaktion sowie bei Funk und Fernsehen oder Studium an einer Uni oder Journalistenschule,
Einstiegsgehalt: ca. 25 000 Euro,
Info: Deutscher Journalistenverband, www.djv.de; IG Medien, www.ig-medien.de; Verband Schweizer Presse, www.schweizerpresse.ch

FASZINATION DER SCHNELLIGKEIT

„Interessante Artikel schreiben und Interviews mit wichtigen Leuten führen, das waren für mich die wichtigsten Ziele bei meiner Berufswahl", erinnert sich die 23-jährige Katia. Sie machte daher bei einer Lokalzeitung ein Volontariat und schlug sich danach als freie Journalistin durch. Dann wurde ihr eine Stelle in der Online-Ausgabe einer größeren Tageszeitung angeboten. Heute ist sie von ihrer Arbeit begeistert. „Was mich vor allem fasziniert, ist die Schnelligkeit dieses Mediums", meint Katia. „Denn Artikel stehen wenige Minuten, nachdem ich sie geschrieben habe, bereits im Netz. Allerdings war die Umstellung von Print auf Online größer als gedacht, denn ich muss mich kürzer fassen und Bildmaterial und Links einfügen."

Lektor

Auch im Zeitalter der elektronischen Medien werden noch Bücher gelesen. Dies ist auch ein Verdienst der Lektoren in den Buchverlagen. Sie überlegen, was die Menschen lesen wollen, suchen Autoren, die für die Bücher die Manuskripte schreiben, begutachten die Texte und überarbeiten sie. Lektoren brauchen daher ein Gespür für gute Texte und müssen wissen, welche Themen den Leser interessieren.

Voraussetzungen

Abgeschlossenes Hochschulstudium, meistens in geisteswissenschaftlichen Fächern, bei Fachverlagen werden auch Lektoren aus anderen Richtungen, wie Jura, Wirtschaftswissenschaft oder Theologie, gesucht, **Einstiegsgehalt:** ca. 25 000 Euro,
Info: Verband freier Lektoren und Lektorinnen e. V., Amorbach, Tel. 093 73/98 02 55, www.lektoren.de; Börsenverein des Deutschen Buchhandels e. V., Frankfurt/M., Tel. 069/130 60, www.boersenverein.de

PR-Referent

PR-Referenten sorgen dafür, dass ein Unternehmen ein möglichst positives Image in der Öffentlichkeit hat. Sie schreiben Pressemitteilungen über neue Produkte und Aktionen ihrer Arbeitgeber, überlegen sich öffentlichkeitswirksame Events und geben den Journalisten fachkundige Auskünfte. Die Ausbildung zum PR-Referent ist nicht eindeutig geregelt, Quereinsteiger mit einem Aufbaustudium an der Universität, einer Fortbildung bei einem privaten Bildungsträger oder mit einem klassischen Volontariat in einer Redaktion, PR-Agentur oder in der Öffentlichkeitsarbeit eines Unternehmens haben also gute Karrierechancen. Beherrschen sollten sie die Grundlagen der Kommunikationswissenschaft und das journalistische Basiswissen, wie Aufbau eines Artikels oder Medienrecht, zudem Rhetorik und Präsentationstechniken sowie Konzeption und Strategie von PR-Maßnahmen.

Voraussetzungen

Journalistische Berufsausbildung, **Ausbildung:** Weiterbildung an einer Hochschule oder an privaten Instituten,
Einstiegsgehalt: ca. 25 000 Euro,
Info: Deutsche Akademie für Public Relations (DAPR), Frankfurt/M., www.dapr-online.de; DPRG Deutsche Public Relations Gesellschaft e. V., Bonn, Tel. 02 28/973 92 90, www.dprg.de

Fotograf

Handwerkliches und durch die Digitalisierung der Fototechnik zunehmend technisches Verständnis sind die Grundlagen für diesen Beruf. Echte Könner brauchen dazu ein Auge für gute Motive, Kreativität und viel Geduld. Fotografen spezialisieren sich auf bestimmte Themen und arbeiten in der Regel freiberuflich in Fotoateliers und Werbeagenturen, für Zeitungen und Buchverlage. Oder sie finden eine Anstellung in Foto- und Entwicklungslabors.

Voraussetzungen

Hauptschulabschluss oder mittlere Reife, **Ausbildung:** dreijährige Lehre, **Einstiegsgehalt:** ca. 15 000 Euro,
Info: Bundesverband der Pressebildagenturen und Bildarchive e. V., www.bvpaev.de

Grafikdesigner

Verpackung ist alles. Grafikdesigner sind die Spezialisten für das gute Aussehen von Plakaten, Anzeigen, Zeitschriften oder Fernseheinblendungen. Das erfordert solide handwerkliche Fertigkeiten, wenn es um Schrifttypen und Linien geht, Menschenkenntnis und ein Gespür für Trends, was die Wirkung von Formen und Farben anbelangt, und sehr viel Kreativität. Vor allem in Werbeagenturen oder bei den Massenmedien muss man zudem auch unter Zeitdruck gute Arbeit leisten können.

Voraussetzungen

Je nach Ausbildung: mittlere Reife oder Abitur, **Ausbildung:** Lehre in Druckerei oder Agentur, Besuch einer Grafikerschule oder Studium an einer Fachhochschule oder Akademie,
Einstiegsgehalt: ca. 20 000 Euro,
Info: Bund Deutscher Grafikdesigner e. V., www.grafikdesign.com; Swiss Graphic Designers, www.sgd.ch

Art Director

Ob Zeitung oder Werbekampagne – die Optik bestimmt oft über den Erfolg. Die Gesamtkonzeption der Gestaltung ist Aufgabe des Art Directors. Dabei sind Kreativität, vor allem aber Überzeugungskraft und die Fähigkeit zur Zusammenarbeit gefordert. Aber auch technisches Wissen ist wichtig, etwa die Entscheidung, welcher Schrifttyp in welcher Farbe vor welchem Hintergrund stehen soll. Der Job ist begehrt – bereits beim Studium gibt es Aufnahmebeschränkungen.

Voraussetzungen

Abitur, **Ausbildung:** üblicherweise Studium an einer Fachhochschule oder Universität, Praktika als Grafiker sind hilfreich.
Einstiegsgehalt: ca. 30 000 Euro,
Info: Art Directors Club, www.adc.de

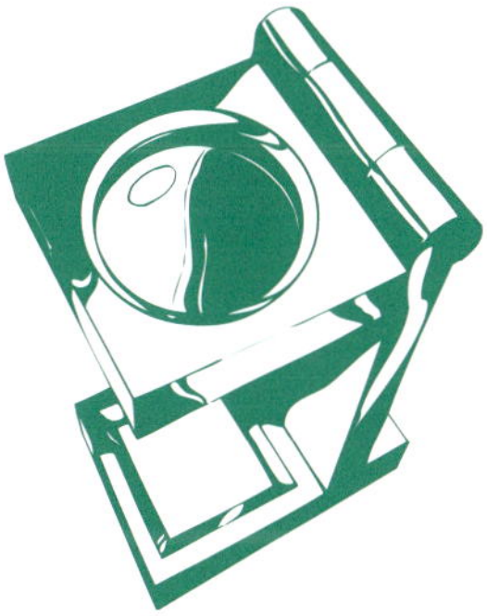

Viele, viele neue Jobs

Viele neue Berufe sind in der jungen Multimediabranche entstanden. Anfangs noch ein Tätigkeitsfeld für experimentierfreudige Allroundtalente, zeichnet sich durch die mittlerweile vielfältigen Aufgaben in diesem Bereich eine immer stärkere Spezialisierung ab. Dennoch sind immer noch fachübergreifendes Denken und Können gefragt. Denn Multimedia-Spezialisten haben es nicht nur mit einer Vielzahl verschiedener Medien vom Text über das Bild bis zum Ton zu tun, sondern mit modernster Computer- und Kommunikationstechnik. Je nachdem, ob man mehr künstlerisch, technisch oder betriebswirtschaftlich interessiert ist, kann man zwischen verschiedenen Ausbildungen wählen.

Chancen für Quereinsteiger

Die Multimedia-Industrie entwickelt und verändert sich so schnell wie keine andere Branche. Daher ist auch die Berufswelt in einem ständigen Wandel begriffen. Neue Jobs entstehen, andere erhalten neue Anforderungen. Für viele Berufe gibt es deshalb keine geregelte staatliche Ausbildung. An immer mehr Unis und Fachhochschulen gibt es allerdings Studiengänge mit so unterschiedlichen Bezeichnungen wie Visuelle Gestaltung, Medientechnik oder Kommunikationsdesign, die Grundlagen für die Spezialisierung auf bestimmte Multimedia-Bereiche legen. Gute Chancen haben auch Quereinsteiger aus anderen Berufen, die fundierte Kenntnisse im Umgang mit den neuen Medien haben.
Infos: Deutscher Multimediaverband e. V., www.dmmv.de

Projektmanager

sind für die gesamte Abwicklung von Multimediaproduktionen verantwortlich. Sie erstellen die Zeit- und Kostenplanung und begleiten die Arbeiten bis zur Fertigstellung des Projekts. Ein Beruf für Quereinsteiger mit betriebswirtschaftlichem Studium oder einer Ausbildung in der Werbebranche; Einstiegsgehalt ca. 30 000 Euro.

Screendesigner

gestalten die Bildschirmoberfläche der Multimediaanwendungen. Sie müssen darauf achten, dass sie mit Bildern, Tönen und Texten ein ansprechendes und zugleich benutzerfreundliches Gesamtkunstwerk schaffen. Sinnvoll ist eine Ausbildung zum Grafikdesigner und eine Weiterbildung für digitale Technik; das Einstiegsgehalt liegt zwischen 25 000 und 35 000 Euro.

Programmierer

sorgen für die technische Realisierung der multimedialen Software. Sie müssen die gängigen Programmiersprachen beherrschen, analytisch denken können und eine künstlerische Ader besitzen. Ein Studium der Medieninformatik oder -technik ist eine gute Basis; das Einstiegsgehalt liegt bei 35 000 Euro.

Konzeptioner

erarbeiten mit den Kunden den Entwurf eines Multimedia-Projekts. Sie müssen überzeugungsfähige Verkäufer sein und sich mit den technischen Möglichkeiten von Multimedia auskennen. Ein Beruf für Quereinsteiger mit Erfahrungen aus der Werbebranche, dem Vertrieb oder Marketing. Das Einstiegsgehalt liegt bei ca. 30 000 Euro.

Webmaster

betreuen die gesamte technische Ausstattung einer Multimedia-Firma. Sie sind dafür verantwortlich, dass der Internet-Auftritt funktioniert. Dafür müssen sie vor allem darauf achten, dass die Programmierer und die Gestalter der Inhalte reibungslos zusammenarbeiten. Ein Informatikstudium ist sinnvoll; das Einstiegsgehalt liegt bei 35 000 Euro.

Was ist Multimedia?

Multimedia ist die Verbindung verschiedener Medien, wie Text, Bild, Ton und Film. Möglich wurde dies durch die digitale Technik, mit der sich die unterschiedlichen Informationstypen als Bits und Bytes darstellen und auf einheitlichen Datenträgern speichern lassen. Multimediale Anwendungen werden heute für alle möglichen Zwecke eingesetzt: im Internet zur animativen Darstellung von Webseiten, für Lernsoftware oder Computerspiele auf CD-ROM sowie für die Herstellung ganzer Spielfilme.

Mediengestalter für Bild und Ton

Früher hießen sie Cutter, heute müssen sie weitaus mehr können als Filmmaterial schneiden. Mediengestalter müssen sich mit den unterschiedlichsten Medienformaten auskennen und diese zu kombinieren wissen. Bei Rundfunk und Fernsehen sind sie zuständig für die Planung und Gestaltung von Sendungen oder bei Verlagen und Medienagenturen für die Herstellung von Print- oder Digitalmedien.

So richtig anerkannt ist unser Beruf nicht. Dabei gäbe es ohne uns Cutter keine Kinofilme und Fernsehsendungen. Schließlich geben wir dem oftmals riesigen Filmmaterial den letzten Schliff. Ich wollte keinen anderen Job bei den Dreharbeiten. Mir gefällt gerade die Kombination aus modernster Technik in den Schneideräumen und kreativem Gestalten.

Anita, 24 Jahre

Voraussetzungen

Mittlere Reife, **Ausbildung:** dreijährige Lehre,
Einstiegsgehalt: ca. 25 000 Euro,
Info: Akademie Werbung, Grafik, Druck, www.awgd.de; Deutscher Multimedia-Verband e. V., www.dmmv.de; AIM Ausbildung in Medienberufen, www.aim-mia.de

Drehbuchautor

Die zahlreichen Endlos-Serien im Fernsehen, wie Lindenstraße oder Verbotene Liebe, brauchen jede Menge Stoff mit Herz und Schmerz. Den liefern die Drehbuchschreiber, auch Storyliner genannt. Die Produktion neuer Folgen ist anspruchsvolle Fließbandarbeit, da die Autoren die bisherigen Episoden, die Darsteller sowie neue Trends im Kopf haben müssen. Gute Drehbuchschreiber sind Mangelware und werden ordentlich bezahlt. Den Einstieg in den Job findet man über andere Tätigkeiten bei der Fernsehproduktion.

Voraussetzungen

Keine geregelte Ausbildung, Quereinstieg über andere Medienberufe
Einstiegsgehalt: ca. 25 000 Euro,
Info: Verband Deutscher Drehbuchautoren, www.drehbuchautoren.de

Kameramann

Bilder sagen mehr als Worte. Dies gilt insbesondere beim Fernsehen, bei dem die Zuschauer das Geschehen möglichst hautnah miterleben wollen. Kameraleute müssen daher wissen, wie sie Ereignisse mit der Linse am besten einfangen. Bei größeren Fernseh- und Filmproduktionen tragen die technischen Künstler durch ihre Kameraführung entscheidend zum Publikumserfolg bei.

Voraussetzungen

Fachhochschulreife, Abitur, **Ausbildung:** Studium an einer Fachschule, Fachhochschule oder Universität, **Einstiegsgehalt:** ca. 25 000 Euro, **Info:** Verband der Fernseh-, Film- und Videowirtschaft Nordrhein-Westfalen e. V, www.vffv.de

Man sollte auf jeden Fall das machen, was einem liegt. Nicht vordergründig ans Geld denken, sondern den Talenten freien Lauf lassen. Doch bei der Berufswahl sollte man sich auch im Klaren sein, dass Geld nicht glücklicher, aber vieles leichter macht. Das merkt man spätestens, wenn einen die Eltern nicht mehr unterstützen. Das Dumme daran: Die meiste Knete macht man in Berufen, die kaum Zeit für das Leben lassen. Das lässt sich nicht so einfach lösen. Vor allem mit künstlerischen Talenten steht man mit einem Fuß über dem Abgrund. Mein Tipp: lieber als Hobby betreiben und damit einen Gegenpol zur Arbeit schaffen, als ein frustrierter Künstler zu werden. Davon gibt es schon zu viele.

Andreas Stenschke, alias Ulli Prozeski in „Verbotene Liebe“

Ohne Glück und Können kein Erfolg!

Wer von der Kunst leben will, muss natürlich vor allem Talent haben. Aber es gehören auch sehr viel Beharrungsvermögen, Selbstvertrauen und nicht zuletzt eine gehörige Portion Glück dazu, um Anerkennung als Maler, Sänger oder Musiker zu finden.

Schauspieler

Ein Job, in dem nur sehr talentierte und zielstrebige Menschen auf Dauer Erfolg haben. Bei Soap-Operas sind zwar keine allzu großen schauspielerischen Qualitäten erforderlich. Will man jedoch mehr erreichen, sind Ausdruck, eine kräftige Stimme und gute Körperbeherrschung unerlässlich. Engagements gibt es am Theater, bei Film und Fernsehen und beim Rundfunk; zudem steht eine Karriere als Regisseur, Intendant oder Schauspieldirektor offen.

Voraussetzungen

Mittlerer Bildungsabschluss und ein Mindestalter von 17 Jahren, **Ausbildung:** nach Aufnahmeprüfung an einer Schauspielschule oder bei einem Privatlehrer, **Einstiegsgehalt:** beginnend bei 150 Euro pro Auftritt,
Info: Interessenverband Deutscher Schauspieler, München, Tel. 089/22 35 95, www.ids-ev.de

Verwandte Berufe

Sänger brauchen eine gute Konstitution, eine gute Stimme und Schauspieltalent. Die Ausbildung für Oper, Musical, Film oder Chor erfolgt nach einem Eignungstest bei einem Gesangspädagogen, an einer Musikhochschule oder einem Konservatorium.
Tänzer nehmen in der Regel seit Kindesbeinen an Tanz- oder Ballettunterricht, bevor sie mit 16 Jahren an eine staatliche Ballettschule oder an eine der über 50 Privatschulen gehen. Auf der Bühne stehen sie bis Mitte 30, danach werden sie mit einem Aufbaustudium zum Trainingsleiter oder Ballettmeister, aber auch zu Masseuren oder Physiotherapeuten.
Info: Vereinigung deutscher Opernchöre und Bühnentänzer, München, Tel. 089/34 35 59

... ich habe auch immer wieder gerne Schultheater gespielt. Tja und dann kam damals, als ich 15 war, die Anfrage für die Serie. Darauf habe ich mich übrigens mehrfach beworben. Nach der ersten Bewerbung kam nichts, da dachte ich mir, das kann doch wohl nicht wahr sein, du musst doch mal zeigen können, was du drauf hast. Dann habe ich mich noch ein paarmal in verschiedenen Versionen beworben – einmal eher schüchtern und überhöflich, ein nächstes Mal etwas aggressiver – aber es kam immer noch keine Antwort. Ein halbes Jahr später gab es dann im Kölner Express eine konkrete Anfrage für ein Casting, da bin ich dann hingegangen und es hat geklappt ...

Christian Wunderlich, Schauspieler und Sänger
(in der WDR Sendung „B. trifft")

Clown

Der professionelle Spaßmacher sollte Engagement, Einfallsreichtum und Spontaneität mitbringen. Die Gauklertechniken, wie Stelzenlaufen, Jonglieren oder Feuerspucken, kann man in eigenen Clown-Schulen lernen. Clowns treten in eigenen Shows oder bei Veranstaltungen aller Art auf, finden aber auch Arbeit in manchen Kliniken, wo sie kranke Kinder aufheitern und so zur Gesundung beitragen.

Voraussetzungen

Spaß an Blödelei, **Ausbildung:** meistens autodidaktisch, ratsam ist der Besuch einer Clownschule, **Einstiegsgehalt:** pro Auftritt ca. 150 Euro,
Info: Schule für Clowns, Mainz, Tel. 06131/472102, www.clownschule.de; Clown-Doktoren, Wiesbaden, Tel. 0611/9410176, www.clown-doktoren.de

Bildender Künstler

Weniger auf die Ausbildung als auf das schöpferische Können kommt es bei Malern, Kunstgrafikern und Bildhauern an. Doch der Besuch einer Kunsthochschule oder Akademie ist auf jeden Fall empfehlenswert, um sich das „Handwerkszeug", also beispielsweise die grundlegenden Maltechniken, anzueignen. Vor allem Bildhauer setzen eher auf eine handwerkliche Berufsausbildung, etwa als Steinmetz oder Holzbildhauer. Um bekannt zu werden, müssen sich die Künstler um Ausstellungen in Galerien, Museen oder Kunsthandlungen bemühen. Eine wichtige Einnahmequelle sind Aufträge vom Staat oder den Gemeinden für Kunstobjekte im öffentlichen Raum.
Info: Bundesverband Bildende Künstlerinnen und Künstler, Bonn, Tel. 02 28/216 18, www.bbk-bundesverband.de; Bundesinnungsverband des Deutschen Steinmetz-, Stein- und Holzbildhauerhandwerks, Frankfurt/M., www.BIV.natursteinnetz.de

Verwandte Berufe

Bühnenbildner gestalten nach den Vorstellungen des Regisseurs die Kulissen für Theateraufführungen und Filmaufnahmen. Voraussetzung ist die mittlere Reife und eine Ausbildung als Kunstmaler oder Theatermaler.
Info: Genossenschaft der Bühnenangehörigen GDBA, Hamburg, Tel. 040/44 51 85, www.buehnengenossenschaft.de

Goldschmied

Goldschmiede schaffen aus Edelmetallen und Edelsteinen Kunstwerke von unvergänglichem Wert. Neben handwerklichen Fertigkeiten brauchen Goldschmiede gestalterisches Gefühl und künstlerische Begabung. Im Handwerksbetrieb stellen sie wertvolle Einzelstücke her und reparieren beschädigten Schmuck, in der Industrie fügen sie in der Massenproduktion preisgünstige Ketten und Armbänder in Serienkollektionen zusammen.

Voraussetzungen

Hauptschulabschluss, **Ausbildung:** Lehre in Handwerk und Industrie,
Einstiegsgehalt: ca. 25 000 Euro,
Info: Zentralverband der deutschen Goldschmiede, Silberschmiede und Juweliere e. V., Münster, Tel. 02 51/520 08 30, www.zv-gold.com

DRAHTZIEHER
nennt man Menschen, die andere für ihre Zwecke einspannen, selbst aber lieber nicht in Erscheinung treten. Bis ins 19. Jahrhundert war der Drahtzieher ein ehrbarer und wichtiger Beruf, der Metalldrähte für Stifte, Nägel, Ketten und vieles mehr herstellte. Heute kann man die Kunst des Drahtziehens noch bei Goldschmieden bewundern, die für ihre feinen Schmuckstücke mit einer Zange Gold- oder Silberdraht durch immer kleiner werdende Löcher einer Stahlplatte ziehen.

Illustrator

Geschichten erzählen in Bildern: Dazu müssen Illustratoren natürlich sehr gut zeichnen können. Sie brauchen aber auch sehr viel Fantasie. Das notwendige Handwerkszeug können die Gestalter von Bilderbüchern und Comics in Fachhochschulen und Kunstakademien erwerben. Doch über einen Auftrag durch einen Verlag entscheiden vor allem gelungene Arbeitsproben, die etwas vom Können und über den persönlichen Stil der Künstler verraten.

Medienkünstler

Ganz im Stil der neuen Zeit bietet die Hochschule für Grafik und Buchkunst Leipzig eine Ausbildung zum Medienkünstler an. Die derzeit rund 70 Studenten lernen dort, sich mit den elektronischen Medien CD-ROM, Internet und Telekommunikation künstlerisch auszudrücken. Dazu werden in erster Linie sehr viele technische Kenntnisse für den Umgang mit Videokameras, Fotografie und Computer sowie gestalterische Grundlagen vermittelt. Infos über das achtsemestrige Studium gibt es beim Fachbereich Medienkunst, Tel. 0341/2135135.

Voraussetzungen

Fachhochschulreife, **Ausbildung:** Fachhochschulstudium,
Einstiegsgehalt: Honorar nach Vereinbarung,
Info: Fachbereich Gestaltung an der Fachhochschule Hamburg,
Tel. 040/42863 38 24, www.fh-hamburg.de/fh/campus/studgg/indexf.html

Kreativität hat viele Facetten

Man muss nicht gleich Künstler werden, um seine kreativen Seiten ausleben zu können. Wer auch gerne rechnet und plant sowie einen Sinn für das Praktische hat, findet eine Menge Berufe, in denen er seine vielseitigen Talente sinnvoll einbringen kann. Vor allem engagierte und einfallsreiche Leute haben in diesen Berufen gute Chancen, als Selbstständige gut bezahlte und interessante Aufträge zu bekommen.

Architekt

Bauwerke, ob Einfamilienhaus oder Hochhaus, müssen optimal ihren Zweck erfüllen, gut aussehen und stabil sein. Damit alle diese Anforderungen erfüllt sind, werden Architekten gebraucht. Am Computer planen sie das Bauvorhaben und überwachen anschließend die Fertigstellung. Zudem müssen sie rechnen können, damit die Baukosten nicht zu hoch werden. Architekten arbeiten in eigenständigen Büros, bei Baufirmen und Behörden. Innenarchitekten, die eine angenehme Wohn- oder Arbeitsatmosphäre gestalten, sind selbstständig oder bei Einrichtungshäusern angestellt.

Voraussetzungen

Abitur, **Ausbildung:** Studium an einer Uni oder Fachhochschule; hilfreich sind eine handwerkliche Lehre und Praktika in Architekturbüros. **Einstiegsgehalt:** ca. 25 000 Euro,
Info: Bundesarchitektenkammer, Berlin, Tel. 030/263 94 40, www.bak.de

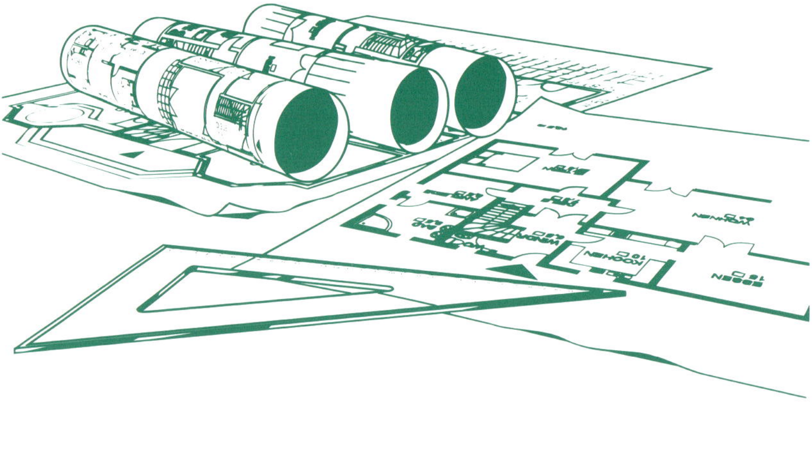

Designer

Produktgestaltung im weitesten Sinn ist die Aufgabe der Designer. Echte Allroundtalente geben allem und jedem die passende Form, die meisten spezialisieren sich auf bestimmte Bereiche, wie Schmuck, Möbel, Textilien oder Grafik. In jedem Fall ist dabei die exakte Kenntnis der jeweiligen Werkstoffe und ihrer Eigenschaften wichtig.

Voraussetzungen

Mittlere Reife und möglichst eine abgeschlossene handwerkliche Berufsausbildung, **Ausbildung:** zwei- bis dreijährige Fachschule,
Einstiegsgehalt: ca. 20 000 Euro,
Info: AGD Allianz Deutscher Designer e. V., Braunschweig, Tel. 05 31/167 57, www.agd.de;
Deutscher Designer Verband e. V., Essen, Tel. 02 01/830 40 10, www.germandesign.de

Schauwerbegestalter

Warenhäuser und Einzelhandelsgeschäfte wollen mit schönen Dekorationen in den Schaufenstern und Verkaufsräumen Kunden anlocken. Mit viel Fantasie und kreativen Gestaltungsideen verarbeiten Schauwerbegestalter oder Dekorateure alle denkbaren Materialien, wie Papier, Schaumstoff oder Holz, zu attraktiven Blickfängen für die ausgestellten Waren.

Voraussetzungen

Hauptschulabschluss, **Ausbildung:** Lehre, etwa in einem Kaufhaus oder bei einem Schauwerbegestalter, **Einstiegsgehalt:** ca. 15 000 Euro,
Info: Bundesverband deutscher Schauwerbegestalter e. V., Esslingen, Tel. 070 31/22 78 77, www.bds.schauwerbe.de

Verwandte Berufe

Raumausstatter gestalten Innenräume mit Einrichtungsgegenständen, Dekorationen und Wandschmuck.
Handwerkliches Geschick und gute Materialkenntnisse sind ebenso unabdingbar wie ein Gespür für die Wünsche der Kunden. Nach der Lehre ist eine Weiterbildung zum Textilingenieur oder Innenarchitekten möglich.
Info: Zentralverband des Raumausstatterhandwerks, Bonn, Tel. 02 28/36 79 00

Handwerk und Technik

- Ernährung und Lebensmitteltechnik
- Bekleidungstechnik
- Energie und Umwelt
- Landbau
- Feingerätebau
- Instrumentenbau
- Maschinen und Anlagen
- Bauwirtschaft
- Elektrotechnik
- Computer und Software
- Forschung und Entwicklung

Handwerk und Technologie – eng verknüpft

Das Handwerk hat einen goldenen Boden, heißt es im Volksmund. Das alte Sprichwort trifft heute mehr denn je zu. Denn egal ob es um den Hausbau, die Reparatur eines Autos oder um einen Zahnersatz geht: Da die hierfür erforderlichen Techniken immer komplizierter werden und von einem Laien kaum mehr zu durchschauen sind, greifen die Menschen gerne auf das Know-how der hierfür ausgebildeten Experten zurück. Allerdings verändern sich die Anforderungen in vielen Handwerksberufen. Der Einsatz moderner Technologien verlangt von den Bewerbern höhere Qualifikationen und zusätzliche Fertigkeiten, etwa bei der Bedienung moderner, zumeist elektronisch gesteuerter Maschinen. Wichtig sind heute auch kompetente Beratung und umfassender Service.

Wichtigste Voraussetzungen

- Interesse an Baustoffen und Materialien
- Technisches Verständnis und analytisches Denken
- Keine Scheu vor Maschinen, Messgeräten und Computern
- Geduld, Nervenstärke und Teamfähigkeit
- Bereitschaft, sich die Finger schmutzig zu machen
- Gute körperliche Verfassung
- Genauigkeit, Experimentierfreude und Fingerspitzengefühl

Spezialisten und Forscher sind gefragt

Glänzende Zukunftsaussichten haben qualifizierte Nachwuchskräfte derzeit in der Industrie, in der vor allem Ingenieure, Maschinenbauer und Informatiker, aber auch gut ausgebildete Techniker, Mechaniker und Elektroniker gesucht werden. In den Produktionshallen dagegen nehmen die Arbeitsplätze ab, da Maschinen die teureren menschlichen Kollegen verdrängen. Dafür werden Spezialisten benötigt, die sich um die Einrichtung, Steuerung und Wartung dieser Fabrikroboter kümmern.

Als drittes Berufsfeld kommt für technisch Interessierte die Forschung und Entwicklung in der Privatwirtschaft wie auch in den Universitäten und öffentlichen Forschungseinrichtungen in Frage. Interessenten für einen Job in der Forschung müssen allerdings sehr viel Ausdauer, Experimentierfreude und Präzision mitbringen.

Gegessen wird immer!

Allerdings ändern sich die Ernährungsgewohnheiten. Aus Zeitgründen nutzen viele Menschen verstärkt Fastfood und Fertiggerichte. Parallel entwickelt sich jedoch ein Trend zu gesundem, hochwertigem Essen. Der Lebensmittelmarkt ist aber wegen der rückläufigen Umsätze und dem hohen Kostendruck vor allem für kleine und mittelständische Betriebe recht problematisch. Bei allen Berufen, die mit der Herstellung von Lebensmitteln zu tun haben, gelten strenge hygienische Anforderungen hinsichtlich des Arbeitsplatzes, der Verarbeitung und der persönlichen Hygiene.

Bäcker

Ein Job für Frühaufsteher: Bäcker müssen schon um vier Uhr in der Backstube stehen, damit die Brötchen rechtzeitig auf den Frühstückstisch kommen. Die Herstellung der Backwaren bedeutet längst keine körperliche Schwerstarbeit mehr, seit Maschinen das Teigkneten und Backen übernehmen. Dafür sind Bäcker heute echte Ernährungsexperten, die aus vielerlei Zutaten mehr als 300 verschiedene Brotsorten und über 1000 Sorten Brötchen, Kuchen und Gebäck herstellen.

Voraussetzungen

Hauptschulabschluss, **Ausbildung:** dreijährige Lehre in Berufsschule, Bäckerfachschule und im Betrieb, **Einstiegsgehalt:** ca. 20 000 Euro, **Info:** Zentralverband des Deutschen Bäckerhandwerks, Bad Honnef, Tel. 022 24/770 40, www.baecker-handwerk.de

Verwandte Berufe

Fleischer, Brauer, Müller, Molkereifachmann oder Winzer: Die Lebensmittelproduktion bietet viele Arbeitsbereiche. Die Berufsaussichten sind im Allgemeinen gut, da die Branche fast durchweg Arbeitskräfte sucht. Voraussetzung für eine Lehre ist ein guter Hauptschulabschluss; in allen Bereichen gibt es zahlreiche Spezialisierungs- und Weiterbildungsmöglichkeiten zum Meister, Techniker oder Leiter eines Betriebs. **Infos** geben die Verbände und regionalen Innungen, etwa der Zentralverband deutscher Milchwirtschaftler in Bonn, Tel. 02 28/63 76 05, www.zdm-ev.de oder der Deutsche Fleischer-Verband in Frankfurt/M., www.fleischerhandwerk.de

Lebensmittelchemiker

Immer mehr Fertiggerichte kommen aus Forschungs- und Entwicklungslabors großer Nahrungsmittelkonzerne, in denen Lebensmittelchemiker aus allen möglichen Zutaten neue Säfte, Soßen und Pulver entwickeln. Als Angestellte bei staatlichen Gewerbeämtern gehören die Überwachung der Lebensmittelherstellung und die Kontrolle der Lebensmittelqualität zu ihren Aufgaben.

Voraussetzungen

Je nach Ausbildungsweg Hauptschulabschluss bis Abitur, **Ausbildung:** Lehre, Fachschule oder Studium, **Einstiegsgehalt:** ca. 20 000 Euro,
Info: Bundesverband der Lebensmittelchemiker, www.lebensmittel.org; Lebensmittelchemische Gesellschaft Frankfurt/M., Tel. 069/79 17 58 0, www.gdch.de/fachgrup/lmchem

Als ich mit der Lehre anfing, durfte ich nur öde Sachen machen, wie Hof fegen und Lager aufräumen. Ich habe mich dann bei meinem Chef beschwert, doch besser wurde es dadurch nicht. Also habe ich mir einen anderen Betrieb gesucht. Hier lerne ich echt viel, aber ich glaube, das liegt auch daran, dass ich mir selbst Jobs suche, die mich interessieren.

Marco, 17 Jahre

Lebensmittelingenieur

Lebensmittelingenieure leiten und überwachen die industrielle Nahrungsmittelproduktion. Bei größeren Lebensmittelherstellern sind sie auf bestimmte Bereiche spezialisiert. Sie kontrollieren die Rohstoffe, entwickeln neue Produkte oder sind verantwortlich für den Produktionsablauf. Neben dem technischen Verständnis sollten Lebensmittelingenieure ein gutes Geschmacksempfinden haben. Da Lebensmittelingenieure immer ein Studium absolviert haben, übernehmen sie in der Regel verantwortliche Leitungsaufgaben.

Voraussetzungen

Fachhochschulreife, **Ausbildung:** Fachhochschule oder Studium,
Einstiegsgehalt: ca. 25 000 Euro,
Info: Berufsverband Agrar, Ernährung und Umwelt e. V. (VDL), Bonn, Tel. 02 28/96 30 50, www.vdl.de

Der Modemarkt: heiß umkämpft

Erfolgreich wie Jil Sander oder berühmt wie Karl Lagerfeld zu werden – davon träumen viele, die sich für Stoffe, Farben und schöne Kleider interessieren. Doch für die meisten, die im Design, in der Produktion oder im Management der Textilindustrie beschäftigt sind, sieht der Alltag anders aus. Handwerkliches Können und präzises Arbeiten sind gefragt. Außerdem ist der Modemarkt durch die Billigkonkurrenz in aller Welt auch knallhart. Nur Fleiß, Sorgfalt, Geschicklichkeit und Gespür für neue Trends führen zum Erfolg als gefragter Modemacher.

Modeschneider und Bekleidungstechniker

Bei Mode denkt jeder an kreative Modeschöpfer und elegante Models. Die Branche braucht aber auch clevere Köpfe, die dafür sorgen, dass trendgerechte Kleidung von der Unterwäsche über Hosen bis zu Mänteln hergestellt und in die Geschäfte geliefert werden. Diese Aufgaben übernehmen die Modeschneider, die etwas von Stoffen, Kalkulation und Maschinen verstehen müssen. Die Ausbildung zum Modeschneider erfolgt in zwei Stufen: Als Modenäher lernt man zwei Jahre lang die Maschinen und Anlagen in der Produktion bedienen und schwierige Näharbeiten beherrschen. Die eigentliche Ausbildung zum Modeschneider dauert ein weiteres Jahr. Anschließend ist man für den gesamten Ablauf der Kleidungsherstellung vom Einkauf der Materialien über die Verarbeitung bis zur Endabnahme zuständig. Nach einer dreijährigen Berufspraxis kann man sich zum Industriemeister Fachrichtung Bekleidung oder an einer Fachschule zum Bekleidungstechniker weiterbilden.

Voraussetzungen

Hauptschulabschluss oder mittlere Reife, **Ausbildung:** dreijährige Lehre, **Einstiegsgehalt:** ca. 15 000 Euro, **Info:** Bundesverband Bekleidungsindustrie e. V., Köln, Tel. 02 21/774 41 12, www.bekleidungsindustrie.de; Gesamtverband der Textilindustrie, Eschborn, Tel. 061 96/96 60, www.gesamttextil.de

Verwandte Berufe

Hutmacher stellen Kopfbedeckungen für Männer her, Modisten Hüte für Frauen. Der Beruf ist im Kommen, nachdem originelle Hüte wieder getragen werden. Fantasie und handwerkliches Geschick sind gleichermaßen erforderlich, um modische Kreationen zu fertigen.
Info: Bundesinnungsverband für das Modistenhandwerk, Düsseldorf, Tel. 02 11/30 82 36

Schneider liefern maßgefertigte Kleider für besondere Anlässe oder Bedürfnisse. Dazu gehören ausgefallene Modelle ebenso wie klassische Anzüge oder aufwändige Hochzeitskleider. Derzeit werden Lehrlinge gesucht, bei einer Anstellung in einem Meisterbetrieb oder Atelier kann man bis zu 20 000 Euro im Jahr verdienen.
Info: Bundesverband des Maßschneiderhandwerks, Essen, Tel. 02 01/32 00 89, www.bundesverband-massschneider.de

FÜR LEUTE MIT GUTEM RIECHER

Ekstase, Adventure, Melancholie: Für jeden Anlass und für jeden Geschmack gibt es das passende Duftwässerchen. Kreiert werden sie von den Parfümören, wahren Künstlern mit empfindlichen Nasen. Früher wurden die Essenzen ausschließlich aus pflanzlichen oder tierischen Duftstoffen, wie etwa Rosenwasser oder Ambra, eine nicht besonders wohlriechende Ausscheidung des Pottwals, zusammengestellt. Heute verwendet die Kosmetikindustrie fast ausschließlich einfach herzustellende und daher preiswertere synthetische Zutaten. Einen „richtigen" Parfümör gibt es noch in Berlin. Bei Lutz Lehmann kann man sich aus zweihundert ätherischen Ölen seinen individuellen Duft mischen lassen. Das hat allerdings seinen Preis: Zehn Gramm Parfüm kosten zwischen zwei und vier Euro.

Berufe mit Zukunft

Energie und Umwelt sind heute fast untrennbar miteinander verbunden. Denn Energie ist die Grundlage unserer Lebensqualität und zugleich gefährdet die Strom- und Wärmeerzeugung Natur und Umwelt. In der Energiewirtschaft werden daher immer mehr Experten für umweltfreundliche Energiegewinnung gesucht. Strengere Richtlinien, vor allem aber das wachsende Umweltbewusstsein, sorgen zusätzlich für eine langsame, aber stetige Zunahme an Ökoarbeitsplätzen. Benötigt werden dabei sowohl Leute mit handwerklichen Fertigkeiten, etwa beim Bau von Solaranlagen oder Klärwerken, wie auch Fachleute mit technischem Know-how, die öffentlichen Auftraggebern, Unternehmen und Hausbesitzern kompetente Beratung in allen Umweltfragen bieten können und die auch über solide Finanzierungsmöglichkeiten Bescheid wissen.

Energieberater

Ein Beruf für echte Spürnasen. Energieberater forschen nach versteckten Stromfressern in Haushalten und Unternehmen. Da die Verbraucher dadurch einiges sparen können, werden gute Energiedetektive vor allem in der Wirtschaft zunehmend gesucht. Die Bezahlung richtet sich nach dem Erfolg. Gute Leute können also bei großen Unternehmen recht gut verdienen. Energietechnisches und betriebswirtschaftliches Wissen sind ebenso unerlässlich wie Kontaktfreudigkeit und Teamfähigkeit.

Voraussetzungen

Ausbildung: Eine vorgeschriebene Ausbildung gibt es nicht. Viele Energieunternehmen schulen bewährte Mitarbeiter, damit sie eine zusätzliche Dienstleistung bieten können. Auch Quereinsteiger aus technischen und betriebswirtschaftlichen Berufen haben gute Chancen. **Einstiegsgehalt:** ca. 20 000 Euro,
Info: Verband unabhängiger Energie- und Umweltberater, Bösel, Tel. 058 41/630 41;
Deutscher Solarserver mit Überblick über Ausbildungsmöglichkeiten, www.solarserver.de;
Vereinigung Deutscher Elektrizitätswerke, Berlin, Tel. 030/217 63 45

Energiebroker

Strom kommt nicht einfach aus der Steckdose, sondern wird von den Energieunternehmen erzeugt und verkauft. Strombroker suchen für ihre Kunden das günstigste Angebot auf dem deutschen und weltweiten Energiemarkt. In der Regel sind dies Großabnehmer, die einen hohen Bedarf an Strom haben. Arbeitsmittel der Energiebroker ist zunehmend das Internet, in dem sie auf elektronischen Marktplätzen mit der Ware Strom handeln. Dabei müssen sie schnell sein, da sich die Preise mitunter auch im Minutentakt ändern können. Künftig werden die Energiebroker auch Gas kaufen und verkaufen.

Voraussetzungen

Ausbildung: Weiterbildung an speziellen Akademien oder Studium, beispielsweise der Fachrichtung Energieberatung und -marketing an der Fachhochschule Bielefeld. Chancen haben auch Quereinsteiger mit einem abgeschlossenen elektrotechnischen oder betriebswirtschaftlichen Studium. **Einstiegsgehalt:** ca. 30 000 bis 40 000 Euro, **Info:** Energy & More, Energiebroker in Königstein, www.energy-more.de; Fachhochschule Bielefeld, www.fh-bielefeld.de

Solarteur

Solaranlagen werden immer günstiger, und daher überlegen auch immer mehr Häuslebauer, die umweltschonenden Kraftwerke auf ihr Dach zu stellen. Die fachgerechte Einrichtung übernehmen Installateure, die sich durch Weiterbildungen auf diese Technik spezialisiert haben. Sie beraten die Kunden, suchen die passenden Anlagen heraus und bauen sie ein. Angestellt werden diese Fachleute mit Solarzertifikat von größeren Unternehmen und Betrieben für Heizungsbau und Klimatechnik.

Voraussetzungen

Ausbildung: Weiterbildung vom Heizungs- und Elektroinstallateur in speziellen Bildungszentren, **Einstiegsgehalt:** ca. 20 000 Euro, **Info:** Solarenergiezentrum ezt, Stuttgart, www.sez-stuttgart.de; Zentralverband Sanitär, Heizung, Klima in Sankt Augustin, www.zentralverband-shk.de. Eine Übersicht über Ausbildungsmöglichkeiten bietet auch www.solarteur.net.

Umweltschutztechniker

Zahlreiche Schadstoffe sammeln sich in Boden, Wasser und Luft an. Umweltschutztechniker prüfen und messen, wie stark die Umwelt bereits verschmutzt ist. Zu ihren Aufgaben gehören aber auch Entwicklung und Umsetzung von Maßnahmen, die möglichen Schadstoffbelastungen vorbeugen können. Die Experten arbeiten in Behörden, Betrieben und Umweltverbänden.

Voraussetzungen

Ausbildung: je nach Ausbildungsstätte zwei bis drei Jahre, mit Abitur Studium mit Abschluss Umweltschutzingenieur,
Einstiegsgehalt: ca. 25 000 Euro,
Infos: Deutscher Industrie- und Handelstag, Berlin, Tel. 030/20 30 80, www.ihk-umkis.de

Abfalltechniker

Wohin mit dem Abwasser und Müll? Die Umwelt- oder Abfalltechniker wissen, wie sie die oftmals schadstoffhaltigen Überbleibsel aus Industrie und Haushalten so entsorgen oder recyceln, dass sie die Umwelt wenig belasten. Durch die strenger werdenden Umweltauflagen dürften vor allem immer mehr Unternehmen auf den Rat dieser Spezialisten hören, die an verschiedenen Fachschulen nach einer abgeschlossenen Berufsausbildung, wie Chemietechniker, Entsorger oder auch Industriekaufmann, weiterqualifiziert werden.

Voraussetzungen

Abgeschlossene Berufsausbildung und mehrjährige Berufserfahrung, **Ausbildung:** zwei Jahre Weiterbildung an einer Fachschule,
Einstiegsgehalt: ca. 25 000 Euro,
Info: Bundesverband der Entsorger e. V., Köln, Tel. 02 21/934 70 00, www.bde.org

Verwandte Berufe

Entsorger ist der bislang einzige anerkannte Ausbildungsberuf im technischen Umweltschutz. Entsorger betreuen die Anlagen zur Müll- und Abfallverwertung und kennen sich mit den Vorschriften aus, die dabei beachtet werden müssen. **Info:** Bundesverband der Entsorger e. V., Köln, Tel. 02 21/934 70 00, www.bde.org

Regenerativtechniker

Sonne und Wind liefern regenerative, also erneuerbare Energie. Regenerativtechniker entwickeln und warten Systeme, mit denen diese Energien gewonnen werden können, wie Solaranlagen oder Windkraftwerke. Noch gibt es keine offizielle Ausbildung für die Spezialisten, die sich mit der alternativen Stromerzeugung befassen. Sie rekrutieren sich deshalb bislang aus Maschinenbauern, Verfahrenstechnikern oder Elektroinstallateuren.

Voraussetzungen

Technische Berufsausbildung, **Ausbildung:** Zusatzausbildung an einer Fachhochschule oder Fachschule, **Einstiegsgehalt:** ca. 25 000 Euro, **Info:** Forum für Zukunftsenergien, Berlin, Tel. 030/726 15 99 80, www.zukunftsenergien.de

AUSSTEIGEN, ABER RECHTZEITIG

Jeder fünfte Azubi bricht seine Lehre vorzeitig ab. Die meisten stellen fest, dass sie sich nicht für den richtigen Beruf entschieden haben, oder haben Ärger mit Ausbildern und Vorgesetzten. Auch persönliche Schwierigkeiten und gesundheitliche Gründe lassen Lehrlinge aus dem Ausbildungsvertrag aussteigen. Natürlich ist es besser aufzuhören, wenn man seine Arbeit ohne Freude macht. Aber man sollte nicht zu schnell aufgeben, sondern erst einmal mit den Ausbildern, dem Ausbildungsberater oder der Schulleitung sprechen. Man darf auch nicht unterschätzen, dass der Wechsel in eine andere Lehre im zweiten oder dritten Lehrjahr schwer fällt. Dann ist es ratsam, erst zu kündigen, wenn ein neuer Ausbildungsvertrag bereits unterschrieben ist.

Grüne Berufe sind begehrt!

Auf die „grünen" Jobs, die mit Pflanzen und Tieren zu tun haben, herrscht ein regelrechter Run. So gibt es beim Studium zum Landschaftsarchitekten einen Numerus Clausus und die Lehrstellen für Gärtner sind seit Jahren überlaufen. Der Vorteil: Wer einen der raren Ausbildungsplätze erhält, kann damit rechnen, später auch eine Arbeitsstelle zu bekommen.

Forstwirt

Der Forstwirt ist heute ein Spezialist für die Forstbewirtschaftung und muss sich um die Waldbestände, um die Aussaat neuer Bäume, um die Bodenkultivierung, Holzgewinnung, Schädlingsbekämpfung, um das Anlegen von Naturschutzzonen und vieles mehr kümmern. Technisches Verständnis gehört zu diesem Beruf ebenso wie Verwaltungstätigkeit und Bewusstsein für ökologische Fragen.

Verwandte Berufe

Forstingenieure arbeiten in erster Linie in der praktischen Waldbewirtschaftung. Die Ausbildung erfolgt an einer Fachhochschule.

Voraussetzungen

Abitur, **Ausbildung:** achtsemestriges Hochschulstudium,
Einstiegsgehalt: ca. 20 000 Euro,
Info: Bund Deutscher Forstleute, Berlin, Tel. 030/40 81 65 50, www.bdf-online-de

Gärtner

Gärtner ziehen Blumen und Sträucher auf; sie bauen Gemüse an, pflegen Gärten, Parks und andere öffentliche Anlagen. Für die Ausbildung zum Gärtner genügt ein guter Hauptschulabschluss. Die Fachhochschulreife oder das Abitur ermöglicht den beruflichen Aufstieg und schafft die Voraussetzung für ein Gartenbau-Studium.

Voraussetzungen

Hauptschulabschluss, **Ausbildung:** dreijährige Lehre,
Einstiegsgehalt: ca. 15 000 Euro,
Info: Bundesverband Garten-, Landschafts- und Sportplatzbau e. V., Bad Honnef, Tel. 022 24/770 70, www.galabau.de

Landschaftsarchitekt

Landschaftsarchitekten gestalten Grünflächen in Städten und Ballungsgebieten so, dass sie den Bürgern Erholungsmöglichkeiten bieten. Sie müssen dabei räumliche, ökologische und ästhetische Aspekte berücksichtigen. Häufig spielen zudem die besonderen Interessen der Betroffenen eine Rolle, etwa wenn die Außenanlage eines Kindergartens entstehen soll. Landschaftsarchitekten arbeiten in einer Stadtverwaltung oder sind selbstständig.

Voraussetzungen

Fachhochschulreife oder Abitur, **Ausbildung:** Studium an Fachhochschule oder Hochschule, **Einstiegsgehalt:** als Angestellter ca. 25 000 Euro, **Info:** Landesverband Deutscher Landschaftsarchitekten, Berlin, Tel. 030/27 87 15 – 0, www.bdla.de

Verwandte Berufe

Ökowirte sorgen für ökologisches Wirtschaften in der Landwirtschaft, im Gemüse- und Obstanbau sowie in der Tierhaltung. Zu ihren Aufgaben gehört auch die Vermarktung der Produkte und die betriebliche Organisation. Voraussetzung für die Weiterbildung ist eine Ausbildung im Agrarbereich. **Info:** Bioland Bundesverband, Mainz, Tel. 061 31/239 79 - 0, www.bioland.de

Agraringenieure arbeiten in großen landwirtschaftlichen Betrieben, in der Verwaltung oder in der Forschung. Voraussetzung für das Studium ist die Fachhochschulreife oder das Abitur.

Landwirt

Der moderne Landwirt ist fast schon ein Manager, der seinen Hof nach betriebswirtschaftlichen Gesichtspunkten leiten muss. Dazu kommen die Verantwortung für die Umwelt und die Tiere, trotz Maschinen eine anstrengende körperliche Arbeit, und in der Regel lange Arbeitstage, da Tiere und Pflanzen keine Bürozeiten kennen. Vor allem Landwirte mit kleinen Betrieben haben kein leichtes Leben. Schlechtes Wetter, Preisschwankungen, gesetzliche Vorschriften und die europäische Konkurrenz können schnell die Existenz gefährden.

Voraussetzungen

Haupt- oder Realschulabschluss, **Ausbildung:** dreijährige Lehre,
Einstiegsgehalt: ca. 16 000 Euro,
Info: Deutscher Bauernverband e. V., Bonn, Tel. 02 28/819 80, www.bauernverband.de

Berufe für geschickte Bastler

Fingerfertigkeit, Sorgfalt und Geduld: Der Feingerätebau ist etwas für leidenschaftliche Bastler. Hergestellt und repariert werden komplizierte mechanische und elektronische Systeme vom Fotoapparat bis zum Hörgerät. Besonders interessant ist der Bau von Musterstücken für Ausstellungen und Messen. Zur Tätigkeit der Feingerätebauer gehört im Handel auch die eingehende Beratung der Kunden.

Augenoptiker

Bildschirmarbeit und höhere Lebenserwartung bringen zwangsläufig Sehschwächen mit sich und garantieren Augenoptikern gute Zukunftsaussichten. Für vielseitig interessierte Menschen ist dies zudem ein attraktiver Beruf, da für Reparaturen die Fingerfertigkeiten eines Handwerkers, für das Anpassen der Sehhilfen Kontaktfreudigkeit und für den Verkauf die Rechenkünste eines Kaufmanns benötigt werden. Auch Modebewusstsein ist gefragt, da es bei der Auswahl einer Brille auf guten Geschmack und Stilgefühl ankommt. Als Meister kann man einen eigenen Betrieb aufmachen oder als Geschäftsführer oder Abteilungsleiter in einem Optikbetrieb arbeiten. Wer sich mehr für die Technik interessiert, kann an einer Fachhochschule die Prüfung zum Diplom-Ingenieur Augenoptik ablegen und in der Industrie unter anderem neue Gläser entwickeln oder in die Verwaltung gehen.

Voraussetzungen

Hauptschulabschluss,
Ausbildung: dreijährige Lehre, anschließend kann man mit Hauptschulabschluss und zwei Jahren Berufserfahrung den Meister machen oder sich mit Realschulabschluss und zweijähriger Berufspraxis zum staatlich geprüften Augenoptiker weiterbilden.
Einstiegsgehalt: ca. 20 000 Euro,
Info: Zentralverband der Augenoptiker (ZVA), Düsseldorf, Tel. 02 11/32 06 97, www.zva.de

Hörgeräteakustiker

Ein Job für Tüftler, die gerne mit Menschen zu tun haben. Hörgeräteakustiker passen die Hörhilfen individuell an. Dazu müssen sie sehr viel von Elektronik und Akustik verstehen und mit Menschen umgehen können, denn die Maßarbeit am Ohr erfordert sehr viel Einfühlungsvermögen in die Patienten. Da nicht nur ältere, sondern zunehmend auch junge Leute infolge von Stress und Lärm unter Schwerhörigkeit leiden, werden die Spezialisten von Fachkliniken, Hals-Nasen-Ohren-Ärzten oder Hörgeräteherstellern gesucht.

Voraussetzungen

Hauptschulabschluss, **Ausbildung:** dreijährige Lehre,
Einstiegsgehalt: ca. 20 000 Euro,
Info: Bundesinnung der Hörgeräteakustiker, Mainz,
Tel. 061 31/96 56 00, www.biha-mainz.de

Verwandte Berufe

Zahntechniker stellen Zahnersatz nach Maß und kieferorthopädische Geräte her. Da ein strahlendes Gebiss heutzutage zu einem attraktiven Erscheinungsbild gehört, sind die Berufsaussichten der Zahntechniker sehr gut.
Info: Verband Deutscher Zahntechniker-Innungen, Dreieich,
Tel. 061 03/370 70, www.vdzi-de

Orthopädiemechaniker sind Spezialisten für Körperersatzstücke. Sie arbeiten in Betrieben und Werkstätten für Orthopädie- und Chirurgiemechanik.
Info: Bundesinnungsverband für Orthopädie-Schuhtechnik, Hannover,
Tel. 05 11/42 10 51, www.biv-os.de

Feinmechaniker haben nicht unmittelbar mit dem menschlichen Körper zu tun. Sie fertigen kleine mechanische Teile für Geräte und Messsysteme aller Art. Bei einer Weiterbildung in der Fachrichtung Feingerätebau spezialisieren sie sich auf Kleinapparate wie Fotos und Schaltwerke oder auf Nähmaschinen.
Info: Verband der deutschen feinmechanischen und optischen Industrie e. V., Köln, Tel. 02 21/948 62 80, www.feinoptik.de

Instrumentenbau

Berufe mit Liebe zur Musik

Hier gibt es Berufe, die handwerkliche Fertigkeiten mit der Liebe zur Musik verbinden. Denn musikalisch sollte man sein, wenn man Geigen, Klaviere oder Cellos bauen will. Aber man muss eben auch mit Hobel, Feile, Fräsmaschine und Säge umgehen können. Die Berufschancen sind je nach Instrument unterschiedlich. Auf die wenigen Ausbildungsstellen für Geigenbauer etwa gibt es viele Bewerber, während Klavierbauschüler eher rar sind. Generell braucht man in diesem Beruf sehr viel Enthusiasmus, da die Verdienstmöglichkeiten nicht übermäßig gut sind. Voraussetzung ist der Hauptschulabschluss mit guten Noten in Kunst, Werken und Musik; die Ausbildung findet in der Regel in einem Meisterbetrieb oder in einer Berufsfachschule statt.

Klavier- und Cembalobauer

Sie formen aus Holz den Klangkörper von Klavieren, Flügeln und Cembalos, bearbeiten die Oberfläche, richten die innere Mechanik ein und ziehen die Saiten auf und stimmen die Klaviere vor. Daher ist auch ein sehr gutes Gehör wichtig. Die Ausbildung dauert dreieinhalb Jahre. Insbesondere Cembalobauer sind sehr gefragt.
Info: Bund Deutscher Klavierbauer e. V., Köln, Tel. 02 28/53 97 00, www.bdk-piano.de

Metallblasinstrumentenmacher

Sie fertigen nicht nur Trompeten und Hörner, sondern auch Schlaginstrumente wie Trommeln, Becken oder Metallofon. Als Werkstoffe dienen Holz, Kunststoff, Leder und natürlich Metall. Nach drei Jahren Lehre bestehen gute Verdienstmöglichkeiten im Handwerk und in der Industrie.
Info: Bundesverband der Deutschen Musikinstrumentenhersteller e. V. (BdMH), Wiesbaden, Tel. 06 11/95 45 – 886, www.musikinstrumente.org/index1.htm

Streich- und Zupfinstrumentenmacher

Zu dieser Berufsgruppe gehören Gitarren-, Geigen-, Bogen-, Zither- und Harfenmacher. Die Instrumentenbauer stellen schöne und besonders gut klingende Einzelstücke her, übernehmen Reparaturen oder arbeiten in der industriellen Fertigung. Die Ausbildung an der Staatlichen Berufsfach- und Fachschule für Geigenbau und Zupfinstrumentenmacher in Mittenwald, Tel. 088 23/13 53, dauert dreieinhalb Jahre.

RISKANTE JOBS

Arbeit kann krank machen, wenn man nicht vorsorgt. Vor allem in handwerklichen Berufen, in denen man mit Staub oder chemischen Substanzen in Berührung kommt, kann es zu gesundheitlichen Problemen kommen. Wer unter Allergien wie Heuschnupfen oder Atemnot durch Staub leidet, sollte daher einen Facharzt aufsuchen, bevor er seinen Wunschjob erlernt. Auch der Gesundheitsschutz am Arbeitsplatz ist wichtig. So sollten Frisöre beim Färben und Waschen Handschuhe tragen, um Hautentzündungen vorzubeugen. Ausgleichssport schützt bei körperlich anstrengenden wie sitzenden Tätigkeiten vor Verschleißerscheinungen und Rückenbeschwerden im Alter. Über berufsbedingte Krankheiten und die richtige Vorbeugung kann man sich bei den Berufsgenossenschaften und Krankenkassen informieren.

Maschinen und Anlagen

Service ist gefragt!

Engagierte und gut ausgebildete Fachkräfte sind, trotz schwieriger Marktlage, in den deutschen Fabriken und Entwicklungslabors wieder gefragt. Nach den Krisenjahren vor 1997 hatte die Industrie kräftig am Personal gespart. Die Folge: Viele Schulabgänger machten damals einen großen Bogen um die Ausbildung zum Ingenieur. Jetzt fehlen gute Maschinenbau- und Elektroingenieure mit einer fundierten Ausbildung an einer Fach- oder Technischen Hochschule, aber auch Mechaniker, Techniker und Elektronikexperten. Gute Aussichten bietet, neben der Entwicklung und Produktion, der Service. Beratung, Reparatur und Wartung sind für viele Firmen zu einer wichtigen Einnahmequelle geworden, nachdem die Preise für Maschinen und Anlagen durch die Konkurrenz aus Fernost gefallen sind.

Ingenieur

Sie sind die eigentlichen Triebkräfte der Innovation und des Fortschritts. Ingenieure entwickeln neue Produkte, konstruieren erste Modelle, planen die Fertigung und überwachen die Qualität bei der Herstellung. Echte Könner zeichnen sich durch ein breites technisches Wissen wie auch durch vertiefte Kenntnisse eines speziellen Fachgebiets aus. Durch die umfangreichen Aufgabenstellungen moderner Technologien sind Ingenieure keine eigenbrötlerischen Tüftler mehr, sondern erarbeiten neue Lösungen weitgehend im Team.

Voraussetzungen

Allgemeine oder fachgebundene Hochschulreife, **Ausbildung:** Studium an Fachhochschule oder Hochschule, **Einstiegsgehalt:** ca. 35 000 Euro, **Info:** Verein Deutscher Ingenieure VDI, Düsseldorf, www.vdi.de

Schon immer hat mich die Technik fasziniert. Vor einem Jahr habe ich dann die Lehre als Automechanikerin begonnen und fühle mich ganz wohl, obwohl ich in der Werkstatt und in der Schule das einzige Mädchen bin. Nervig ist nur, wenn es immer wieder „Frau und Technik" heißt, wenn ich mal etwas nicht auf Anhieb kapiere. Dabei stellen sich manche Jungs viel blöder an.

Karla, 17 Jahre

Mechaniker

Wenn Maschinen zusammengesetzt oder instand gehalten werden müssen, gehen Mechaniker ans Werk. Benötigt werden sie in allen Bereichen des Wirtschaftslebens, entsprechend breit ist ihr Einsatzspektrum. Wer Mechaniker werden will, muss wissen, welche Tätigkeiten ihm am meisten zusagen. In diesem Bereich kann er eine Ausbildung in der Industrie als Industrie-, Werkzeug-, Zerspannungs-, Konstruktions- oder Anlagenmechaniker absolvieren oder in einem Handwerksbetrieb Maschinenbau, Feinmechanik oder Fahrzeugbau lernen.

Voraussetzungen

Hauptschulabschluss, **Ausbildung:** dreieinhalbjährige Lehre in der Industrie oder in einem Betrieb, **Einstiegsgehalt:** ca. 20 000 Euro,
Info: Zentralverband des Deutschen Handwerks (ZDH), Berlin,
Tel. 030/20 61 90, www.zdh.de;
Zentralverband Deutsches Kraftfahrtzeuggewerbe (ZDK), Bonn,
Tel. 02 28/91 27 – 0, www.kfzgewerbe.de

Mechatroniker

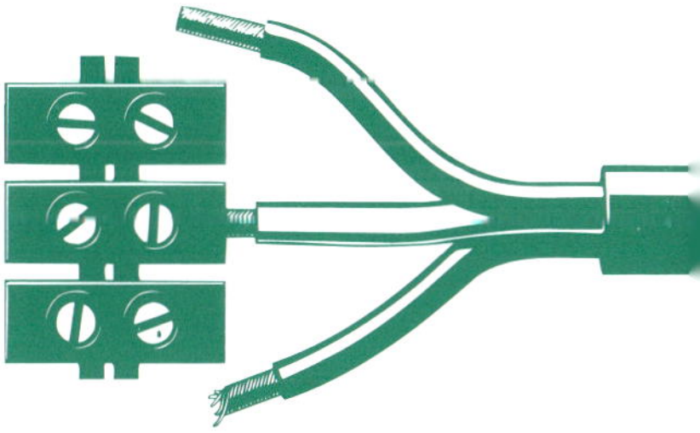

Mechatronik ist eine Kombination aus Mechanik, Elektronik und Informatik. Mechatroniker beherrschen alle drei Disziplinen, eine unentbehrliche Voraussetzung für die Konstruktion moderner Hightech-Produkte. Die Aussichten für die Multi-Talente sind ausgezeichnet. Während Ingenieure mit einem Mechatronik-Studium elektronisch gesteuerte Anlagen entwerfen und bauen, übernehmen Facharbeiter mit einer Lehre als Mechatroniker die Montage und Wartung dieser Systeme.

Voraussetzungen

Mittlere Reife für die Lehre, Fachhochschulreife für das Studium, **Ausbildung:** dreijährige Lehre in Unternehmen für Facharbeiter, spezielle Mechatronik-Studiengänge an Fachhochschulen für Ingenieure, **Einstiegsgehalt:** ca. 25 000 Euro,
Info: Verein Deutscher Ingenieure VDI, Düsseldorf, www.vdi.de;
Verband Deutscher Maschinen- und Anlagenbauer VDMA,
Frankfurt/M., Tel. 069/660 30, www.vdma.de

Maschinenbautechniker

Gemeinsam mit den Ingenieuren entwerfen die Maschinenbautechniker Maschinen aller Art. Sie stellen die Einzelteile her, bauen sie zusammen und sind für die Wartung und Weiterentwicklung zuständig. In der Produktionsplanung erarbeiten sie die rationelle Herstellung der verschiedenen Bauteile wie auch deren schnellstmögliche Montage zum Endprodukt. Maschinentechniker müssen Konstruktionszeichnungen erstellen können, rechnerische Fähigkeiten besitzen und Organisationstalent haben.

Verwandte Berufe

Servicetechniker oder Supporter sorgen dafür, dass Störungen in den Produktionsanlagen möglichst schnell behoben werden. Da jeder Ausfall teuer wird, müssen die Spezialisten rund um die Uhr einsatzbereit sein und schnell eine Lösung finden. Durch die elektronische Steuerung der Maschinen und der Datenübertragung können Störungsursachen vermehrt aus der Ferne diagnostiziert und sogar behoben werden.

Voraussetzungen

Hauptschulabschluss, **Ausbildung:** dreieinhalbjährige Lehre mit verschiedenen Schwerpunkten, wie allgemeiner Maschinenbau, Verfahrenstechnik oder Konstruktion, **Einstiegsgehalt:** ca. 15 000 Euro, **Info:** Verband Deutscher Maschinen- und Anlagenbauer VDMA, Frankfurt/M., Tel. 069/660 30, www.vdma.de

HANDWERK FÜR ABITURIENTEN

In 90 Handwerksberufen gibt es für Abiturienten eine Ausbildungsverkürzung von drei auf zwei Jahre. Zusätzlich können sich die Lehrlinge mit Reifezeugnis in speziellen Fachklassen unterrichten lassen, in denen topaktueller Lernstoff wie Management und Informationstechnik vermittelt wird. Mit dem Gesellenbrief gibt es dann den Titel „Betriebsassistent", mit dem man innerhalb von zwei Jahren die Meisterprüfung oder nach einem sechssemestrigen Studium der Fachrichtung Handwerk an der Berufsakademie den Diplombetriebswirt ablegen kann.

Logistiker

Zeit ist Geld: Diese Regel gilt insbesondere in der Produktion. Die Logistiker, auch Supply-Chain-Manager genannt, planen die Arbeitsabläufe in den Fabriken so, dass beim Herstellungsprozess von der Anlieferung der Rohstoffe bis zur Auslieferung zum Kunden möglichst keine Verzögerungen entstehen. Hohe Anforderungen stellt dabei das Konzept des Just-in-Time, das sich in den vergangenen Jahren durchgesetzt hat. Größere Unternehmen führen dabei keine Lager mehr, sondern lassen Schrauben oder ganze Motoren erst kurz vor dem Einbau anliefern. Logistiker sind dafür verantwortlich, dass die einzelnen Bauteile zur rechten Zeit am richtigen Ort bereitstehen.

Voraussetzungen

Ingenieurs- oder Betriebswirtschaftsstudium, **Ausbildung:** Zusatzausbildung an Wirtschaftsakademien und Universitäten, **Einstiegsgehalt:** ca. 30 000 Euro, **Info:** Bundesvereinigung Logistik e. V., Bremen, www.bvl.de

Verwandte Berufe

Produktionsplaner entwerfen am Computer die Fertigungsabläufe in den Fabriken. Voraussetzung ist ein Studium der Produktionstechnik; Jobs finden die Spezialisten außer in den Unternehmen auch bei Forschungsinstituten für Prozessautomatisierung.

Quality-Manager achten darauf, dass die Qualität der angelieferten Bauteile oder der im Haus hergestellten Produkte stimmt. Voraussetzung für diesen Ingenieurs-Job sind gute Kenntnisse der jeweiligen Produkt- oder Materialeigenschaften.

Eine tragende Säule des Arbeitsmarktes

Jeder zwölfte Arbeitnehmer ist auf dem Bau beschäftigt. Und auch in Zukunft wird die Bauindustrie trotz zeitweiliger Krisen eine der wichtigsten Säulen des Arbeitsmarktes bleiben. Auch an Lehrstellen mangelt es nicht. Maschinen erleichtern heute die einst schwere körperliche Arbeit, sodass mehr junge Frauen einen Bauberuf erlernen. Zur Ausbildung gehören heute auch Kenntnisse im umweltgerechten Bauen.
Info: Hauptverband der Deutschen Bauberufe e. V., Wiesbaden, Tel. 06 11/77 20

Maurer

Maurer müssen heute nicht nur Steine aufeinander setzen können, sondern auch wissen, welche Baustoffe für welchen Zweck am besten geeignet sind und wie schadhafte Mauern saniert werden. Zur Ausbildung gehören deshalb Grundkenntnisse der Statik, Bauphysik, Schall- und Wärmeisolierung sowie der Grundstücksentwässerung. Nach fünf Gesellenjahren gibt es die Möglichkeit, die Prüfung zum Polier am Bau oder zum Meister zu absolvieren.

Voraussetzungen

Hauptschulabschluss, **Ausbildung:** dreijährige Lehre in Handwerk oder Industrie, **Einstiegsgehalt:** ca. 15 000 Euro, **Info:** Auskünfte erteilen die regionalen Innungen und Handwerkskammern oder der Zentralverband des Deutschen Baugewerbes e. V., Berlin, Tel. 030/20 31 40, www.zdb.de.

Verwandte Berufe

Stuckateure sind die Fachleute für Ausbau und Fassaden. Sie verputzen die Außenwände, verschönern die Wände und Decken im Haus und reparieren Wandschäden.
Info: Deutscher Stuckgewerbebund im Zentralverband des Deutschen Baugewerbes, Berlin, www.stuckateur.de

Parkettleger haben einen anstrengenden Job. Auf den Knien legen sie große Flächen mit kleinen Holzstücken aus, bei der Arbeit entsteht sehr viel Lärm und Staub.
Info: Zentralverband Parkett- und Fußbodentechnik, Bonn, Tel. 02 28/63 12 01

Maler streichen nicht einfach nur die Wände an. Sie müssen Stilsicherheit bei den Farben beweisen, die optimale Beschichtung für verschiedene Oberflächen wählen und sich mit Wärmedämmung auskennen. Im zweiten Lehrjahr kann man sich zum Lackierer für Fahrzeugkarosserien ausbilden lassen.

Tischler

Der Umgang mit Holz und der beinahe künstlerische Charakter machen den Tischler zu einem der beliebtesten Ausbildungsberufe. Doch in den Betrieben werden nicht nur Schränke und Stühle, sondern auch Fenster und Treppen gefertigt. An Technikerschulen können Tischler nicht nur den Meister machen, sondern auch das Abitur und sich zum Architekten, Designer oder Ingenieur für Holz- und Kunststofftechnik weiterbilden.

Voraussetzungen

Hauptschulabschluss, **Ausbildung:** dreijährige Lehre im Handwerk oder in der Industrie, **Einstiegsgehalt:** ca. 15 000 Euro, **Info:** Bundesverband des holz- und kunststoffverarbeitenden Handwerks (BHKH), Wiesbaden, Tel. 06 11/97 34 10, www.bhkh.de; Hauptverband der Deutschen Holz- und Kunststoffverarbeitenden Industrie e.V. (HDH), Bad Honnef, Tel. 022 24/937 70; Holz-Berufsgenossenschaft (HBG), München, Tel. 089/820 03 – 0, www.holz-bg.de

Verwandte Berufe

Zimmerer müssen kräftig sein, um die schweren Dachbalken stemmen zu können. Und sie müssen rechnen können, da die Dachkonstruktionen stabil sein müssen. **Info:** Zentralverband des Deutschen Baugewerbes, Berlin, www.zdb.de oder Vereinigung der rechtschaffenen fremden Zimmerer- und Schieferdeckgesellen Deutschlands in Hamburg, www.equinoxe.de/rechtschaffene/mal22.html

Bauzeichner

Ein Bauberuf, der von Lärm und Dreck weitgehend verschont bleibt. Bauzeichner fertigen nach den Entwürfen des Architekten oder Bauingenieurs maßstabsgerechte Pläne an. Ihre Werkzeuge sind heute nicht mehr Reißbrett und Stift, sondern Computer mit CAD-Programmen und Maus. Wichtig sind ein räumliches Vorstellungsvermögen und rechnerische Fähigkeiten. Möglich ist eine Weiterbildung zum Bautechniker oder Bauingenieur.

Voraussetzungen

Hauptschulabschluss, **Ausbildung:** dreijährige Lehre, **Einstiegsgehalt:** ca. 15 000 Euro, **Info:** Hauptverband der Deutschen Bauindustrie e. V., Berlin, Tel. 030/21 28 60, www.bauindustrie.de

Kleine Bauteile mit großer Wirkung

Die Elektronikindustrie, ohne deren winzige Bauelemente keine Waschmaschine, kein Auto und kein Fotoapparat mehr funktionieren würde, spielt heute eine zentrale Rolle für die Wirtschaft. Entsprechend hoch ist das Wachstum des Elektronikmarktes, in dem von der Unterhaltungselektronik über den Fahrzeugbau bis zum Mobilfunk gut ausgebildete Spezialisten für die Entwicklung und Wartung von Software und Hardware gesucht werden. Auch die klassische Elektroindustrie mit Bereichen wie Automatisierungs-, Antriebs-, Gebäude- oder Lichttechnik meldet zuverlässig gute Umsatzzahlen. Sie bleibt in unserer von der Elektrotechnik abhängigen Gesellschaft eine starke Branche, sodass Techniker und Ingenieure hier mit Sicherheit weiterhin gute Berufsaussichten haben.

Elektroanlagenmonteur

Ein neuer Beruf, dessen Einsatzbereich vom Anschluss an das Stromnetz bis zu Anlagen, Geräten, Antrieben und Steuerungen in Industriebetrieben reicht. Die Anlagenelektriker installieren elektrotechnische und elektronische Anlagen für prozessgesteuerte Fertigungsabläufe. Der Einsatz entsprechender Software und der Umgang mit messtechnischen Einrichtungen zur Wartung und Reparatur gehören neben der oftmals damit verbundenen Kundenbetreuung zum vielseitigen Arbeitsgebiet. Um die Maschinen zum Laufen zu bringen, sind zudem Kenntnisse in Elektroinstallationstechnik, Elektronik, Digitaltechnik, Messtechnik, Pneumatik, Hydraulik, Antriebstechnik und Steuerungstechnik hilfreich.

Voraussetzungen

Hauptschulabschluss, **Ausbildung:** dreieinhalbjährige Lehre im Betrieb, **Einstiegsgehalt:** ca. 15 000 Euro, **Info:** Zentralverband der Deutschen Elektrohandwerke, Frankfurt, Tel. 069/247 74 70, www.zveh.de; Zentralverband Elektrotechnik- und Elektronikindustrie e. V. (ZVEI), Frankfurt/M., Tel. 069/630 20, www.zvei.de

Elektroinstallateur

Elektroinstallateure sind die Fachleute für Licht, Kraft und Wärme. Sie verlegen Leitungen und installieren elektrische Anlagen, montieren Leuchten und bauen Zähler und Verteilerschränke ein. Sie kennen sich mit Heizungen und Warmwasserbereitung genauso gut aus wie mit Antennen- und Blitzschutzanlagen, Gebäudesystemtechnik und speicherprogrammierbaren Steuerungen oder Schwach- und Starkstromtechnik.

Voraussetzungen

Hauptschulabschluss, **Ausbildung:** dreieinhalbjährige Lehre im Betrieb,
Einstiegsgehalt: ca. 15 000 Euro,
Info: Zentralverband der Deutschen Elektrohandwerke e. V., Frankfurt/M., Tel. 069/247 74 70; Zentralverband Elektrotechnik- und Elektronikindustrie e. V. (ZVEI), Frankfurt/M., Tel. 069/630 20

Verwandte Berufe

Elektromechaniker kennen sich mit Mechanik, Elektrotechnik und Elektronik aus.

Kraftfahrzeugelektriker sind die Spezialisten für alle elektrischen und elektronischen Teile am Auto.

Prozessleitelektroniker sorgen für den störungsfreien Betrieb von Produktionsanlagen in der chemischen Industrie, in der Mineralölindustrie und in Kraftwerken.

Industrieelektroniker mit der Fachrichtung Produktionstechnik betreuen die Produktionsmaschinen und -anlagen.
Info: Zentralverband der Deutschen Elektrohandwerke e. V., Frankfurt/M., Tel. 069/247 74 79; Zentralverband Elektrotechnik- und Elektroindustrie e. V., (ZVEI), Frankfurt/M., Tel. 069/630 20

Elektromaschinenbauer

Der Elektromotor ist die umweltfreundlichste Kraftquelle. Elektromaschinenbauer sind für die Reparatur, Instandhaltung und Anfertigung von elektrischen Maschinen, Motoren und Transformatoren verantwortlich. Sie bauen und reparieren Stromerzeugungsaggregate und elektrische Antriebe einschließlich deren Steuerung und Regelung. Die Arbeit in der Werkstatt wechselt regelmäßig mit Serviceeinsätzen bei Kunden ab.

Voraussetzungen

Hauptschulabschluss, **Ausbildung:** dreieinhalbjährige Lehre im Betrieb, **Einstiegsgehalt:** ca. 15 000 Euro,
Info: Zentralverband der Deutschen Elektrohandwerke e. V., Frankfurt/M., Tel. 069/247 74 70; Zentralverband Elektrotechnik- und Elektronikindustrie e. V. (ZVEI), Frankfurt/Main, Tel. 069/630 20

Ohne Computer läuft nichts

Noch Anfang der 90er-Jahre warnte die Industrie vor einem Überangebot an Informatikern. Inzwischen ist die Informationstechnik-Branche die größte Job-Maschine in Deutschland, Europa und weltweit. In allen Bereichen der Computerbetreuung und Netzwerkverwaltung wächst der Bedarf an gut ausgebildetem Nachwuchs. Aber nicht jeder, der einen PC bedienen kann, macht Karriere. Grundsätzliche Voraussetzungen sind mathematische und naturwissenschaftliche Kenntnisse, die Fähigkeit zu abstraktem Denken und die Bereitschaft, sich stets mit den technischen Weiterentwicklungen vertraut zu machen. Darüber hinaus sollten sich die künftigen Computerexperten mit einem Betriebssystem und einer speziellen Software sehr gut auskennen.

Informationselektroniker

Informationselektroniker sorgen dafür, dass die Informations- und Kommunikationstechnik in Betrieben und bei Privatkunden reibungslos funktioniert. Es kann sich dabei um PCs, Netzwerke und Telefonanlagen wie auch um Fernsehgeräte samt Satellitenanschluss und die gesamte digitale Medienwelt von der Digitalkamera bis zur Hifi-Anlage handeln. Zum Kundendienst gehören eingehende Beratung, die sorgfältige Planung und Prüfung der zu installierenden Komponenten sowie die sachkundige Reparatur. Wichtig sind zudem Themen des Umwelt- und Datenschutzes sowie Energiesparmaßnahmen.

Voraussetzungen

Hauptschulabschluss, **Ausbildung:** dreieinhalbjährige Lehre im Betrieb,
Einstiegsgehalt: ca. 15 000 Euro,
Info: Bundesverband Informationswirtschaft, Telekommunikation und neue Medien BITKOM e. V., Berlin, Tel. 030/27 57 60, www.bitkom.net; Anwenderfachverband Bürokommunikation e. V., Bad Honnef, Tel. 022 24/105 38

Verwandte Berufe

Database Manager richten ihr Hauptaugenmerk auf den optimalen Informationsfluss in einem Unternehmen. Sie sorgen für die optimale Organisation und sichere Verwahrung der Kunden- und Betriebsdaten. Voraussetzung ist eine Ingenieursausbildung mit Schwerpunkt Informationstechnik.

Database Executives sind für die Wartung und Pflege der Informationssysteme verantwortlich.

Systemadministrator

Unternehmen, Banken und Versicherungen sind darauf angewiesen, dass ihre Computersysteme zuverlässig arbeiten. Gibt es eine Panne, steht der Betrieb still – und das kann teuer werden. Systemadministratoren sorgen dafür, dass die Datenverarbeitung läuft. Sie wählen die Computersysteme aus, richten sie ein und helfen den Anwendern bei Bedienungsschwierigkeiten. Der Bedarf an Fachleuten ist hoch, sodass auch Leute ohne langjährige Ausbildung Chancen haben. Mitbringen sollten sie allerdings gute Kenntnisse der neuesten Computertechnik, Spaß an der Tüftelei und eine ständige Lernbereitschaft.

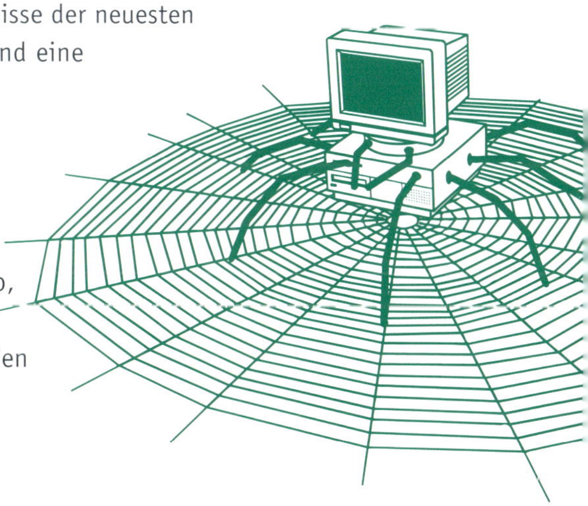

Voraussetzungen

Abitur, **Ausbildung:** Studium als Informatiker oder Ingenieur der Nachrichtentechnik, **Einstiegsgehalt:** ca. 30 000 Euro, **Info:** Bundesverband Informationswirtschaft, Telekommunikation und neue Medien (BITKOM) e.V., www.bitkom.net

Mikrotechnologe

Der Beruf wurde 1998 neu geschaffen. Da er vielen noch unbekannt ist, lohnt es sich, ihn genauer ins Auge zu fassen. Mikrotechnologen stellen in der Serienproduktion oder in Einzelanfertigung für die Forschung kleinste elektronische oder mikromechanische Bauteile her, die in Computer, Haushaltsgeräte oder Autos eingebaut werden. Sie planen und organisieren die Herstellung der empfindlichen Schaltungen, richten die Anlagen ein und kümmern sich um die fachgerechte Entsorgung der chemischen Reststoffe.

Voraussetzungen

Hauptschulabschluss, **Ausbildung:** dreijährige Lehre in der Industrie mit den Schwerpunkten Halbbleitertechnik oder Mikrosystemtechnik, **Einstiegsgehalt:** ca. 20 000 Euro,
Info: VDI/VDE Gesellschaft für Mikro- und Feinwerktechnik, Düsseldorf, Tel. 02 11/621 40; Fachverband Informationstechnik im VDMA und ZVEI, Frankfurt/M., Tel. 069/66 03 15 31, www.fvit.de

Auf der Suche nach Innovation

Der Erfolg von Unternehmen hängt ganz entscheidend von ihrer Innovationskraft ab, das heißt der Fähigkeit, neue Produkte zu entwickeln und zu vermarkten. Den Tüftlern und Denkern in den Forschungs- und Entwicklungslabors kommt deshalb eine ganz bedeutende Aufgabe im Wirtschaftsleben zu. Um bahnbrechende Technologien zu entwickeln, sind Forscherdrang, Neugierde und Einfallsreichtum gefragt. Allerdings sollte die Forschung nicht im luftleeren Raum stattfinden, sondern immer an den Bedürfnissen des Marktes und der Verbraucher orientiert sein. Während die Unternehmen die Produktion weitgehend ins Ausland verlegt haben, wurde die Forschung im Inland eher verstärkt.

Resident-Engineer

Wenn die Unternehmen ihre Produkte verkaufen wollen, müssen sie wissen, was die Kunden brauchen und wünschen. Sie beschäftigen deshalb speziell geschulte Spezialisten, die sich bei den Kunden nach deren spezifischen Anforderungen erkundigen und gemeinsam mit den Entwicklungsabteilungen passende Lösungen suchen. Gelegentlich gehört auch die Einführung einer neuen Anlage, Maschine oder Software sowie die Einarbeitung der Nutzer zu deren Aufgaben. Resident-Engineers, auch Application- oder Concept-Engineer genannt, haben sehr gute Berufschancen. Der Job ist jedoch anspruchsvoll, da die Entwicklungsingenieure stets auf dem neusten Stand der Technologie sein und sich immer wieder mit komplizierten Kundenwünschen befassen müssen.

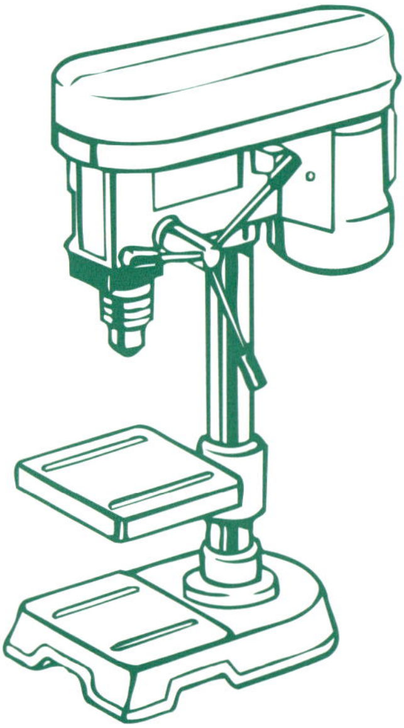

Voraussetzungen

Allgemeine oder fachgebundene Hochschulreife, **Ausbildung:** Studium an einer Fachhochschule,
Einstiegsgehalt: ca. 30 000 Euro,
Info: Verein Deutscher Ingenieure VDI, Düsseldorf, www.vdi.de

Biotechnologe

Biologie und Technik scheinen auf den ersten Blick zwei völlig gegensätzliche Bereiche zu sein. Doch in der Pharmazie, in der Lebensmittelindustrie und im Umweltschutz werden bereits viele natürliche Stoffe mit Hilfe technischer Verfahren aus Bakterien, Pilzen oder Zellkulturen gewonnen. Biotechnologen erforschen und entwickeln diese Verfahren, mit denen Biomasse, Antibiotika oder Substanzen zum umweltfreundlichen Schadstoffabbau gewonnen werden. Die Biotech-Industrie gilt als Zukunftsbranche, die Berufsaussichten sind rosig.

Voraussetzungen

Abitur oder Fachhochschulreife, **Ausbildung:** Studium der Biotechnologie oder Chemie, Biologie oder Verfahrenstechnik mit Aufbaustudium, **Einstiegsgehalt:** ca. 30 000 Euro, **Info:** Gesellschaft für Biotechnologische Forschung, Braunschweig, www.gbf.de

Verwandte Berufe

Neuroinformatiker versuchen intelligente und lernfähige Computersysteme nach dem Vorbild des Gehirns zu bauen. Erforderlich ist eine Spezialisierung während des Studiums, vorzugsweise der Informationstechnik, Biologie, Physik oder Mathematik.

Laborhelfer

Forschungsarbeit ist oft langwierig und auch zermürbend. Ohne fleißige Laborhelfer, die den größten Teil der zeitraubenden Versuche, Analysen und Experimente durchführen, wären deshalb auch die genialsten Erfinder hoffnungslos überfordert. Dafür müssen sich die Entwickler auf die Sorgfalt und Genauigkeit ihrer Assistenten verlassen können, da kleinste Abweichungen die Ergebnisse verändern. Eine wichtige Aufgabe ist auch die minutiöse Beschreibung und Dokumentation der Versuchsabläufe. Laborhelfer arbeiten weitgehend eigenständig, bleiben aber selbst mit hervorragenden Qualifikationen und jahrelanger Berufserfahrung immer Zuarbeiter ihrer studierten Vorgesetzten.

Voraussetzungen

Mittlere Reife, **Ausbildung:** zweijährige Fachschule, **Einstiegsgehalt:** ca. 15 000 Euro, **Info:** Verband forschender Arzneimittelhersteller e. V., Berlin, Tel. 030/20 60 40, www.vfa.de

Organisation und Verwaltung

- Öffentlicher Dienst und Justiz
- Ordnung und Sicherheit
- Unternehmensbereich
- Datenverarbeitung
- Logistik, Transport und Verkehr

Sichere Jobs in der Verwaltung

Wer einen Beruf mit Organisations- und Verwaltungsaufgaben ergreift, ist meist auf der sicheren Seite. Dies gilt vor allem für die Arbeit in einer Behörde. Wenn du dort einen der Jobs mit lebenslanger Beschäftigungsgarantie ergattern kannst, brauchst du dir praktisch keine Sorgen mehr um deine Zukunft zu machen. Aber auch in größeren Unternehmen, Banken und Versicherungen sind die Arbeitsplätze in den Verwaltungsbüros relativ sicher – wenn der Einstieg erst einmal geschafft ist. Die Firmenchefs sind auf die fleißigen Sachbearbeiter in den Personalabteilungen, Buchhaltungen und Rechenzentren angewiesen. Derzeit führen allerdings Firmenzusammenschlüsse und Sparmaßnahmen zu teilweise drastischem Stellenabbau in der freien Wirtschaft und im Finanzsektor. Dennoch haben Neueinsteiger mit einer guten Berufsausbildung, fundierten Kenntnissen in der Datenverarbeitung und klaren Zielsetzungen immer noch gute Zukunftsperspektiven. Experten rechnen zudem damit, dass die Mitarbeiterzahlen im organisatorischen und administrativen Bereich künftig wieder steigen, da die Umstrukturierungsmaßnahmen weitgehend abgeschlossen sind.

Wichtigste Voraussetzungen

- Kommunikations- und Kooperationsfähigkeit
- Ausdauer und genaues Arbeiten
- Sicherheitsdenken statt schnellem Karrierestreben
- Gewissenhaftigkeit und Verantwortungsbewusstsein
- Organisationstalent und Ordnungsliebe
- Gutes Sitzfleisch und konzentriertes Arbeiten am Bildschirm
- Fachliche Kompetenz und Interesse an Weiterbildung

Wichtig: Ausdauer und Strebsamkeit

Personalchefs erwarten von den Bewerbern um einen Ausbildungsplatz in der Verwaltung Gewissenhaftigkeit, Strebsamkeit und fachliches Engagement. Erforderlich sind außerdem eine gehörige Portion Sitzfleisch und Gelassenheit, da praktisch immer am Schreibtisch und vor einem PC-Monitor gearbeitet wird. Der Aufstieg auf der Karriereleiter ist durch Richtlinien und Bestimmungen geregelt und vorgegeben. Er wird daher eher durch Geduld und Ausdauer als durch Ehrgeiz erreicht. Dafür haben selbst Anfänger bald das Gefühl, eine verantwortungsvolle Position übernommen zu haben, in der sie wichtige Aufgaben erledigen und folgenreiche Entscheidungen treffen müssen.

Verwaltung muss nicht langweilig sein!

Akten führen, Auskunft geben und Daten prüfen sind die Haupttätigkeiten in der öffentlichen Verwaltung, die sehr viel Sorgfalt und Geduld erfordern. Die Arbeit in den Behörden und Ämtern gilt daher oftmals als langweilig und wenig attraktiv. Übersehen wird, dass es sich dabei um verantwortungsvolle und wichtige Aufgaben für die Allgemeinheit und den einzelnen Bürger handelt. Trotz knapper öffentlicher Gelder ist der Verwaltungsapparat in den letzten Jahren gewachsen, die Berufschancen sind dadurch gleich bleibend gut. Vergleichbare Posten in der Privatwirtschaft sind teilweise zwar besser bezahlt, jedoch sind die Arbeitsplätze im öffentlichen Dienst, insbesondere für die Beamten, langfristig sicher.

Verwaltungsfachangestellter

Akten bearbeiten, Anträge stellen, Bürger beraten und Bescheinigungen ausstellen: Die vorwiegend am Schreibtisch zu erledigenden Arbeiten in den Verwaltungsbüros ähneln sich, auch wenn die Einsatzbereiche unterschiedlich sind. Während der Ausbildung werden daher in den ersten 24 Monaten die Grundtechniken des Rechnungs- und Haushaltswesens sowie die umfangreichen Rechts- und Verwaltungsvorschriften gelehrt. Danach folgt die zwölfmonatige Vertiefung in den Fachrichtungen Bundes-, Landes-, Kommunal-, Bundesverkehrs- und Kirchenverwaltung, Handwerksorganisation sowie Industrie- und Handelskammern.

Früher hätte ich mir nie vorstellen können, einmal in der Verwaltung zu arbeiten. Ich fand das langweilig und spießig. Aber dann habe ich während eines Gemeindepraktikums gemerkt, dass die Arbeit ziemlich vielseitig ist. Ich mag es, eine verantwortungsvolle Aufgabe zu haben und den Bürgern zu helfen.

Julia, 19 Jahre,
Beamtenanwärterin

Voraussetzungen

Guter Hauptschulabschluss,
Ausbildung: dreijährige Lehre in der öffentlichen oder Kirchenverwaltung,
Einstiegsgehalt: ca. 12 000 Euro,
Info: Personalämter der Verwaltungsbehörden

Beamter

Als „Staatsdiener" sorgen die Beamten für das Funktionieren des öffentlichen Lebens und die Sicherheit des Staates. Damit sie ihre Aufgaben unbestechlich und uneigennützig leisten, stehen sie in einem besonderen Dienst- und Treueverhältnis zu ihrem Arbeitgeber. Dieses verpflichtet sie zur Wahrung des Amtsgeheimnisses und verbietet jegliches Streikrecht, gewährt ihnen dafür aber, solange kein gravierendes Dienstvergehen vorliegt, lebenslange Unkündbarkeit und spezielle Pensionsansprüche. Je nach Ausbildung unterscheidet man Beamte des einfachen, mittleren, gehobenen und höheren Dienstes.

Beamte des einfachen Dienstes

werden als Boten, Amtshilfen und Aufseher eingesetzt. Als Voraussetzung genügt ein Hauptschulabschluss, oft wird eine handwerkliche Vorbildung verlangt. Das Einstiegsgehalt liegt bei ca. 18 000 Euro.

Beamte des mittleren Dienstes

üben Bürotätigkeiten in der Finanz- und Steuerverwaltung, bei der Bundeswehr, im Archiv- und Bibliothekswesen oder als Arbeitsberater aus. Voraussetzung für die Ausbildung zum Assistenten ist mindestens der Hauptschulabschluss, häufiger die mittlere Reife sowie eine bestandene Eignungsprüfung; anschließend ist der Aufstieg bis zum Amtsinspektor oder durch Weiterbildung der Übergang in den gehobenen Dienst möglich. Das Einstiegsgehalt liegt bei etwa 24 000 Euro.

Beamte des gehobenen Dienstes

übernehmen in der Regel leitende Funktionen in den einzelnen Verwaltungsabteilungen. Voraussetzung ist zumindest die Fachhochschulreife, meistens sogar das Abitur. Bei den technischen Fachrichtungen wird eine geeignete berufliche Vorbildung, wie etwa ein Ingenieurstudium, verlangt. Das Einstiegsgehalt liegt bei ca. 34 000 Euro.

Beamte des höheren Dienstes

leiten ganze Behörden in der Verwaltung des Bundes, der Länder und der Kommunen, bei der Bundesbank, dem Bundesgrenzschutz, der Feuerwehr oder der Justiz. Voraussetzung ist ein Hochschul- oder Universitätsstudium, etwa in Jura oder Verwaltungswissenschaft.

Info: Personalämter der Verwaltungsbehörden

Nicht nur für Paragrafenreiter

Strafe muss sein. Dieser Spruch gilt auch für Erwachsene, die etwas angestellt haben. Damit es dabei gerecht zugeht, beschäftigt sich eine Vielzahl unterschiedlicher Berufe mit der Rechtssprechung und deren Folgen. Je nachdem, ob man sich eher für die Auslegung der Paragrafen, die Bearbeitung von Akten oder den Umgang mit Menschen interessiert, lassen sich hier spannende Tätigkeitsbereiche finden.

Richter

Sie entscheiden als unabhängige Staatsorgane in einem Rechtsstreit oder einer Strafsache. Die Richter, die nur dem Gesetz und ihrem Gewissen verpflichtet sind, garantieren dem Bürger Rechtsschutz gegenüber seinen Mitbürgern und staatlichen Institutionen. Die Befähigung zum Richteramt wird nach einem Jurastudium, einem derzeit zweijährigen Vorbereitungsdienst, der so genannten Referendarzeit, und dem Bestehen der ersten und zweiten juristischen Staatsprüfung erworben.

Voraussetzungen

Abitur, **Ausbildung:** Jura-Studium und Referendariat,
Einstiegsgehalt: ca. 35 000 Euro,
Info: Deutscher Richterbund, Berlin, Tel. 030/20 61 25 – 0, www.drb.de

Verwandte Berufe

Staatsanwälte führen im Strafprozess die Ermittlungsverfahren und erheben Anklage bei Gericht. Sie müssen dabei nicht nur die für den Angeklagten belastenden Beweise, sondern auch die zu seiner Entlastung dienenden Umstände ermitteln. Die Staatsanwälte haben dieselbe Ausbildung wie ein Richter und müssen die Befähigung zum Richteramt besitzen.

Rechtsanwälte sind vor Gericht die Gegenspieler der Staatsanwälte. Sie beraten in Rechtsfragen und vertreten die Rechte der Angeklagten. Voraussetzung für die in der Regel freiberufliche Tätigkeit ist die Befähigung zum Richteramt. Festanstellungen gibt es unter anderem in den Rechtsabteilungen eines Unternehmens.

Rechtspfleger

Die Beamten des gehobenen Justizdienstes sind in der Verwaltung und Organisation der Gerichte und Staatsanwaltschaften tätig. Darüber hinaus nehmen Rechtspfleger den Richtern viele Aufgaben ab. Es handelt sich dabei nicht um Fälle von Mord und Totschlag, sondern eher um die Festlegung von Gebühren und Prozesskosten sowie die Durchführung von Mahn- und Vollstreckungsbescheiden. Bei der Staatsanwaltschaft betreiben sie die Strafvollstreckung.

Voraussetzungen

Fachhochschulreife oder Abitur, **Ausbildung:** dreijähriges Fachhochschulstudium oder Universitätsstudium sowie eine praktische Ausbildung bei Gericht,
Einstiegsgehalt: ca. 24 000 Euro,
Info: Bund Deutscher Rechtspfleger, Dorsten,
Tel. 023 69/911 73,
www.bund-deutscher-rechtspfleger.de

Bewährungshelfer

Bewährungshelfer betreuen Straftäter während der Bewährungszeit, etwa indem sie ihnen bei der Wohnungs- und Arbeitssuche helfen, und achten darauf, dass sie die vom Gericht festgelegten Auflagen und Weisungen einhalten. Voraussetzung ist ein Studium an einer Fachhochschule für Sozialwesen sowie ein einjähriges Praktikum in einem Bewährungshilfebüro.

Voraussetzungen

Fachhochschulreife oder Abitur, **Ausbildung:** Studium der Sozialwissenschaft,
Einstiegsgehalt: ca. 24 000 Euro,
Info: Arbeitsgemeinschaft Deutscher Bewährungshelferinnen und Bewährungshelfer e. V., Aurich,
Tel. 049 41/619 28, www.bewaehrungshilfe.de

Verwandte Berufe

Notare sind für Beurkundungen und Beglaubigungen, etwa bei einem Hauskauf oder für Unterschriften, zuständig. Voraussetzung ist auch hier die Befähigung zum Richteramt. Anders als der Rechtsanwalt vertritt der Notar nicht die Interessen einer Partei, sondern berät ohne Unterschied alle Beteiligten.
Info: Deutsche Vereinigung der Rechtsanwalts- und Notariatsangestellten, Düsseldort, Tel. 02 11/384 94 94, www.renobundesverband.de

Amtsanwälte sind Rechtspfleger mit einer 18-monatigen Zusatzausbildung. Sie vertreten die Staatsanwaltschaft bei den Amtsgerichten.

Gerichtsvollzieher sind Beamte des mittleren Justizdienstes mit einer 18-monatigen Zusatzausbildung. Sie sind für die Zustellung und Vollstreckung von Gerichtsentscheidungen zuständig.
Info: Deutscher Gerichtsvollzieherbund, Köln, Tel. 02 21/170 35 15, www.dgvb.de.

Ordnung und Sicherheit

Sicherheitsexperten sind gesucht!

Die Berichte über Gewalt und Betrug nehmen zu und verunsichern viele Menschen. Bemerkbar macht sich dies in einem gesteigerten Schutzbedürfnis – in der Bevölkerung vor Einbruch und Diebstahl, in der Wirtschaft vor Betrug und Betriebsspionage. Es werden deshalb zunehmend Sicherheitsexperten für die verschiedensten Bereiche gebraucht; sie müssen sich heute auch mit der Abwehr von Gefahren aus dem Datennetz und den neuen Medien auskennen. Die vielen Bereiche des Sicherheitsmarktes bieten Arbeitssuchenden gute Zukunftsaussichten. Dabei gibt es neben dem „klassischen" Polizisten noch verschiedene andere Berufsbilder.

Verwandte Berufe

Sicherheitsbeauftragte sind in größeren Betrieben in vielen Bereichen gesetzlich vorgeschrieben. Sie sind unter anderem für den Brandschutz, die Beseitigung von Gefahrgut und die Sicherheit am Arbeitsplatz zuständig. Auch Umweltschutzmaßnahmen und Informationssicherheit gehören zu ihren Aufgaben.

Polizeibeamter

Als Hüter von Recht und Ordnung gewährleistet die Polizei die öffentliche Sicherheit und die persönliche Freiheit im Staat. Polizisten verfolgen Straftäter, wehren Gefahren ab, schützen Personen und öffentliche Einrichtungen und überwachen den Verkehr. Der oft riskante und anstrengende Einsatz setzt körperliche und nervliche Belastbarkeit voraus. Vor allem im mittleren und gehobenen Dienst müssen die Polizeibeamten auch sehr viel Verwaltungsarbeit leisten. Je nach Interesse und Neigung kann man sich bei der Schutz-, Landes-, Bereitschafts- oder Kriminalpolizei oder dem Wasser- oder Bundesgrenzschutz melden.

Voraussetzungen

Für den mittleren Dienst mittlere Reife, in Ausnahmefällen auch Hauptschulabschluss mit abgeschlossener Berufsausbildung; für den gehobenen Dienst Fachhochschulreife oder Abitur, **Ausbildung:** Polizeischule (mittlerer Dienst) und Fachhochschule (gehobener Dienst), **Einstiegsgehalt:** ca. 20 000 Euro,
Info: Einstellungsberater und Personalabteilungen bei den Landespolizeidirektionen, Adressen unter www.polizei.de

Profiler

Wenn die Polizei ein Verbrechen nicht aufklären kann, ruft sie die Profiler zu Hilfe. Profiler sind die schlausten Ermittler der Kriminalpolizei. Aus allen Spuren versuchen sie den Charakter des Täters herauszulesen und einen „Verhaltensfingerabdruck" zu erstellen. Die wichtigsten Hilfsmittel der Fallanalytiker, wie die Profiler auch genannt werden, sind sorgfältige Recherche, gründliches Nachdenken und gute Teamarbeit.

Voraussetzungen

Abitur oder Fachhochschulreife mit guten Noten, **Ausbildung:** Karriere im gehobenen Polizeidienst und Weiterbildung, **Einstiegsgehalt:** ca. 28 000 Euro, **Info:** Einstellungsberater und Personalabteilungen bei den Landespolizeidirektionen, Adressen unter www.polizei.de

Verwandte Berufe

Detektive decken Unterschlagungen, Betrug und Wirtschaftsspionage auf oder suchen nach Vermissten. Sie haben nicht die gleichen Befugnisse wie Polizisten und müssen daher bei ihren Ermittlungen streng auf die Gesetze achten.
Info: Bundesverband Deutscher Detektive, Bonn, Tel. 02 28/29 80 85, www.bdd.de

Bodyguard

Am besten sind sie, wenn sie nicht auffallen. Personenschützer müssen deshalb keine Muskeltypen sein, sondern sich möglichst unauffällig verhalten können. Wichtiger als jeder Rambo-Einsatz ist die vorausschauende Vermeidung gefahrenträchtiger Situationen. Wenn die Wachleute rund um die Uhr wichtige Persönlichkeiten beschützen oder im Werkschutz nachts unterwegs sind, bleibt das Privatleben auf der Strecke. Die Berufsbezeichnung ist ungeschützt, die Ausbildungsangebote sind entsprechend uneinheitlich.

Voraussetzungen

Körperliche Fitness, **Ausbildung:** Training bei Fachschulen, **Einstiegsgehalt:** ca. 15 000 Euro,
Info: Arbeitsgemeinschaft für Sicherheit der Wirtschaft e. V., Bonn, Tel. 02 28/104 15 10, www.asw-online.de;
Bundesverband Deutscher Wach- und Sicherheitsunternehmen e. V., www.bdws.de;
Örtliche Industrie- und Handelskammern

Ordnung und Sicherheit

DV-Sicherheitsexperte

Verbrechen machen sich auch in der elektronischen Welt breit. Die Täter kopieren Versuchsergebnisse aus Firmencomputern, plündern Bankkonten über das Internet oder spionieren sensible Daten der Mitbürger aus. Die Sicherheitsexperten für die Informations- und Kommunikationstechnik schützen Computer, Netzwerke und Daten vor unberechtigten Zugriffen. Sie richten technische Schutzvorrichtungen ein, wie Verschlüsselungen und Zugriffskontrollen, und sorgen dafür, dass die Nutzer die Sicherheitsbestimmungen im Umgang mit den modernen Medien beachten.

Verwandte Berufe

Fraud-Analysten sind die Spürhunde in den Telefon- und Datennetzen. Sie fahnden nach Datenräubern, Raubkopien und betrügerischen Telefondiensten.
Info: Bundesverband Informationswirtschaft, Telekommunikation und neue Medien (BITKOM) e. V., www.bitkom.net

Risk-Manager fanden nach Schwachstellen im eigenen Unternehmen. Dabei geht es um finanzielle Risiken, die mit bestimmten Geschäften verbunden sind, wie auch um haftungsrechtliche Risiken, die im Ernstfall das Unternehmen viel Geld kosten würden.

Voraussetzungen

Fachhochschulreife oder Abitur, **Ausbildung:** Studium der Informatik oder Nachrichtentechnik,
Einstiegsgehalt: ca. 30 000 Euro,
Info: Bundesamt für Sicherheit in der Informationstechnik, Bonn, Tel. 018 88/958 20, www.bsi.bund.de

Facility-Manager

Hausmeister wachen über die Sicherheit und Ordnung im Haus. Facility-Manager haben im Grunde die gleiche Aufgabe. Da sie aber sehr große Gebäude oder Liegenschaften von Banken, Kliniken oder Hotels betreuen, müssen sie eine ganze Menge von Haustechnik verstehen. Es wird erwartet, dass sie die Lüftungsanlage, die Heizung, die Telefonanlage und die Reinigung managen. Sind sie auch für die Hausverwaltung zuständig, müssen sie sich auch mit Abrechnungen, Gebäudefinanzierung und Mietfragen auskennen.

Voraussetzungen

Qualifikation als Techniker oder Ingenieur, **Ausbildung:** Weiterbildung an verschiedenen Instituten, **Einstiegsgehalt:** ca. 25 000 Euro,
Info: Deutscher Verband für Facility-Management, Bonn,
Tel. 02 28/23 03 74, www.gefma.de

Offizier

Die Bundeswehr sorgt nicht nur für die nationale Sicherheit, sondern hilft bei Katastrophen und humanitären Aktionen im In- und Ausland. Die Einsätze erfolgen oft sehr plötzlich, sodass die Offiziere in den verschiedenen Führungspositionen schnell die richtigen Entscheidungen treffen müssen. Im Alltag sind die Offiziere in den Teilstreitkräften Heer, Luftwaffe oder Marine in erster Line jedoch Leiter, Ausbilder und Erzieher der Soldaten. Das erfordert pädagogisches Geschick wie auch Durchsetzungsvermögen und fachliches Können. Beim Einsatz muss die militärische Führung unter außergewöhnlichen Belastungen verantwortungsvoll handeln und Entscheidungen treffen können. Voraussetzung dafür sind geistige Reife, Charakterstärke und körperliche Leistungsfähigkeit.

Voraussetzungen

Fachhochschulreife oder Abitur, Grundausbildung und zwölf Jahre Verpflichtung zum Wehrdienst, **Ausbildung:** Studium an den Bundeswehr-Hochschulen in Hamburg und München,
Einstiegsgehalt: ca. 18 000 Euro,
Info: die örtlichen Wehrdienstberater, Adressen im Telefonbuch oder unter www.beruf.bundeswehr.de

LEHRE BEIM BUND

Lehrling kann man auch bei der Bundeswehr werden – und den militärischen Dienst sinnvoll nutzen. Ausgebildet werden Jungs wie Mädchen zum Industrieelektroniker, technischen Zeichner oder Industriemechaniker sowie zum Verwaltungsfachangestellten oder in verschiedenen Heil- und Pflegeberufen. Allerdings müssen sich die Bewerber vor der Einstellung bereit erklären, sich nach erfolgreicher Ausbildung für mindestens vier Jahre bei den Streitkräften als Soldat auf Zeit zu verpflichten.

Ein harter Wettbewerb um Märkte

Egal ob es um Autos, Waschmittel oder Medikamente geht: Der Wettbewerb zwischen den Herstellern ist durch die Internationalisierung der Märkte und durch Billiganbieter aus dem Ausland härter geworden. Um Erfolg bei den Kunden zu haben, müssen die Unternehmen schneller und gezielter interessante Produkte anbieten und attraktive Werbemaßnahmen einsetzen können. Dies gelingt nur mit Hilfe von Experten, die den Markt und die Kunden genau kennen und dadurch erfolgreiche Konzepte für neue Produkte und Dienstleistungen entwickeln. Ein Blick in die Stellenanzeigen zeigt, dass hier vor allem betriebswirtschaftliche und kaufmännische Fach- und Führungskräfte gesucht werden.

Controller

Auf lange Sicht hat ein Unternehmen nur Erfolg, wenn es gute Umsätze macht und wenig Unkosten hat. Die Controller überwachen die Geschäftszahlen und schlagen Alarm, wenn die Gewinnspanne zu klein wird. Sie suchen nach Schwachstellen, prüfen Einsparmöglichkeiten und verbessern die Arbeitsabläufe im Betrieb. Wichtigstes Arbeitsinstrument ist der Computer, der möglichst übersichtlich alle notwendigen Daten anzeigt. Controller haben gute Einblicke in sämtliche Unternehmensbereiche und rücken daher oft in die Leitungsebene auf.

Voraussetzungen

Fachhochschulreife oder Abitur, **Ausbildung:** Studium der Betriebswirtschaft, **Einstiegsgehalt:** ca. 40 000 Euro,
Info: Controller Verein Gauting e. V., Tel. 089/89 31 34 20, www.controllerverein.de;
Bundesverband der Bilanzbuchhalter und Controller e. V., Bonn, Tel. 02 28/766 98 11, www.bvbc.de;
Österreichisches Controller-Institut, Wien, Tel. 01/377 82 10

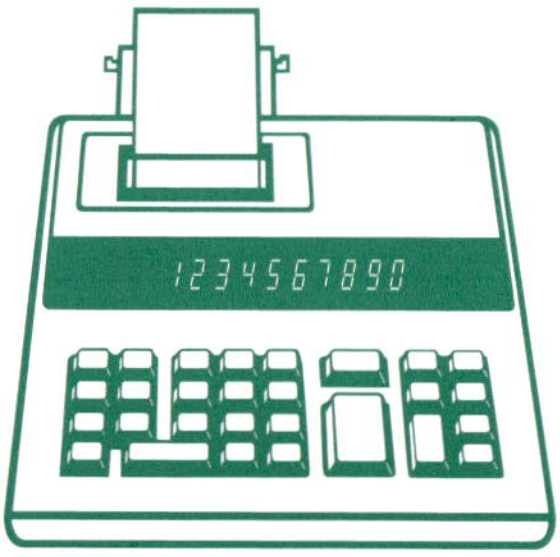

Marketing-Spezialist

Ein Duschgel kann noch so gut sein – doch wenn den Verbrauchern die Verpackung oder der Preis nicht gefällt, wird es nicht gekauft. Aufgabe der Marketing-Spezialisten ist es, sowohl Erfolg versprechende Produktideen zu kreieren wie auch Strategien zu entwickeln, wie sich neue Produkte möglichst gut verkaufen lassen. Neben dem Preis und der Verpackung spielen dabei das Design und die Werbung eine Rolle und schließlich müssen noch die Händler von den Vorteilen einer Neuheit überzeugt werden. Das Marketing ist eine vielseitige und kreative Tätigkeit für Menschen, für die Überzeugungsarbeit eine Herausforderung darstellt.

Voraussetzungen

Mittlere Reife, **Ausbildung:** kaufmännische Lehre oder Studium der Betriebswirtschaft, **Einstiegsgehalt:** ca. 35 000 Euro, **Info:** Deutscher Marketing-Verband, Düsseldorf, Tel. 02 11/86 40 60, www.marketingverband.de

Verwandte Berufe

Business-Developer überlegen sich neue Geschäftsideen oder suchen nach Strategien, wie das Unternehmen zusätzliche Kunden gewinnen kann. Ein Job für Betriebswirtschaftler und erfahrene Vertriebsleute.

Brand-Manager, auf deutsch „Marken-Manager", planen in den Unternehmen die Sortimentserweiterung und organisieren die Markteinführung. Auch hier sind Betriebswirtschaftler mit dem Schwerpunkt Marketing gefragt.

Ein entscheidendes Kriterium bei der Berufswahl ist die intensive Auseinandersetzung mit Vorbildern. An ihnen kann ich entdecken, was mich fasziniert und woran ich gemessen werden will, und ich kann die Wahl meines beruflichen Umfeldes eingrenzen. Wenn ich begreife, was mich als Individuum ausmacht und wo meine Talente liegen, bin ich in der Lage, mich auf meine Stärken zu konzentrieren und einen Beruf zu erlernen, der mich glücklich macht und erfüllt.

Britta Steilmann, 35, Modemacherin

Buchhalter

Sie sorgen dafür, dass ein Unternehmen den Überblick über die Einnahmen und Ausgaben behält. Die lückenlose Erfassung auch geringfügiger Waren- und Geldbewegungen ist allerdings auch vom Handels- und Steuerrecht vorgeschrieben. Durch die komplizierten rechtlichen und finanztechnischen Bestimmungen werden Buchhalter trotz ausgefeilter Computerprogramme nicht arbeitslos.

Voraussetzungen

Kaufmännische Lehre oder Betriebswirtschaftsstudium, **Ausbildung:** Weiterbildung an speziellen Akademien und Instituten,
Einstiegsgehalt: ca. 15 000 Euro,
Info: Bundesverband selbstständiger Buchhalter und Bilanzbuchhalter, Berlin, Tel. 018 05/25 84 33, www.bbh.de

EIN WEITER BEGRIFF: DER MANAGER

Ursprünglich wurden nur die oberen Führungskräfte in Unternehmen als Manager (engl. to manage: führen, verwalten) bezeichnet. Inzwischen wird der Begriff auch für die Berufe verwendet, bei denen etwas weitgehend selbstständig verwaltet oder organisiert werden muss. So kann ein Manager auch Künstler und Sportler betreuen, ein Event-Manager veranstaltet Konzerte und Shows und Content-Manager sind für die Inhalte von Internet-Seiten verantwortlich.

Officemanager

Hektik bestimmt den Arbeitsalltag der Führungskräfte. Officemanager, auch Chefsekretäre oder Büroleiter genannt, nehmen ihnen als rechte Hand möglichst viel lästige Büroarbeit ab. Sie organisieren die Termine, planen Geschäftsreisen und besorgen wichtige Unterlagen. Im Unterschied zu den Sekretären gehört zu ihren Aufgaben auch die

Betreuung der Computer- und Telekommunikationsausstattung, die Budgetüberwachung und die Projektleitung. Officemanager können zu persönlichen Assistenten von Abteilungsleitern oder Firmenchefs aufsteigen.

Voraussetzungen

Ausbildung zum Sekretär, **Ausbildung:** Weiterbildung an Akademien und Instituten,
Einstiegsgehalt: ca. 25 000 Euro,
Info: Bundesverband Sekretariat und Büromanagement e. V., Mannheim, Tel. 06 21/841 48 20, www.bsb-berufsverband.de

Kaufmann

Jeder Wirtschaftszweig, jede Branche, sogar jeder Betrieb benötigt Kaufleute. Für die Spezialisten im Einkauf und Verkauf gibt es daher einen riesigen Arbeitsmarkt, auf dem gute Leute keine Schwierigkeiten haben, eine Arbeitsstelle zu finden. Wie groß der Einsatzbereich ist, zeigt allein die Zahl von rund 50 geregelten Ausbildungsgängen, wie Bankkaufmann, Automobilkaufmann, Informatikkaufmann oder Servicekaufmann. Die grundlegenden Tätigkeiten und Kenntnisse entsprechen sich in den unterschiedlichen Kaufmannsarten. Alle müssen mit Waren und Dienstleistungen handeln können, Kosten kalkulieren, Angebote vermitteln und in Fragen der Unternehmensführung bewandert sein. Und sie müssen Marktentwicklungen einschätzen können. Zur Grundvoraussetzung gehört selbstverständlich auch die Beherrschung der elektronischen Informations- und Kommunikationsmedien. Während der Ausbildung werden darüber hinaus je nach Berufszweig spezielle Branchenkenntnisse vermittelt. Dennoch können Kaufleute relativ leicht in einen anderen Bereich wechseln. Obwohl für die Lehre ein mittlerer Bildungsabschluss ausreicht, werden zunehmend Bewerber mit Abitur bevorzugt.

Voraussetzungen

Mittlere Reife, **Ausbildung:** dreijährige Lehre,
Einstiegsgehalt: ca. 25 000 Euro,
Info: Örtliche Industrie- und Handelskammern

Aussichtsreich: die IT-Branche

Eine wachsende Bedeutung in der IT-Branche gewinnen Experten, die Unternehmen bei der Auswahl der Computer, bei der Konzeption der Programme und bei der Einrichtung der Netzwerke beraten. Während die Datenverarbeitungstechniker (DV-Techniker) für das fehlerlose Funktionieren der Computer sorgen und die Programmierer die Software anpassen, haben diese Computer- und Netzwerkexperten die Aufgabe, die Rechnerunterstützung optimal an die Anforderungen der einzelnen Firmen anzupassen. Bessere Chancen als reine Informatiker haben hier Wirtschaftswissenschaftler und Ingenieure, da sie den Alltag in den Unternehmen gut kennen.

IT-Consultant

IT – das Kürzel für Informationstechnik, hat sich zum Schlag- und Zauberwort der Computerbranche entwickelt. Berufe in diesem Bereich haben gute Zukunftsperspektiven.

Die Entwicklung maßgeschneiderter Computerlösungen für Unternehmen ist die Spezialität der Berater für Informationstechnik, kurz: IT-Consultants. Sie erarbeiten passend für die Bedürfnisse ihrer Kunden das Konzept für die Computeranlage und das Firmennetz, das von den Technikern und Programmierern dann umgesetzt wird. IT-Consultants haben einen stressigen Job, da sie stets unter Zeitdruck und an häufig wechselnden Einsatzorten – bisweilen sogar weltweit – arbeiten. Sie müssen daher sehr viel Einsatzbereitschaft und Belastbarkeit mitbringen, dazu Teamfähigkeit und natürlich sehr gute Kenntnisse der neusten Entwicklungen in der Informations- und Kommunikationstechnik. IT-Berater sind gesucht und werden nach mehrjähriger Tätigkeit mit sechsstelligen Jahresgehältern entlohnt.

Voraussetzungen

Wirtschaftswissenschaftliches, technisches oder naturwissenschaftliches Studium und hervorragende IT-Kenntnisse, **Ausbildung:** beim direkten Projekteinsatz für eine Beratungsgesellschaft,
Einstiegsgehalt: ca. 30 000 Euro,
Info: Bundesverband Deutscher Unternehmensberater, Bonn, Tel. 02 28/916 10, www.bdu.de;
Bundesverband Informationswirtschaft, Telekommunikation und neue Medien (BITKOM) e. V., www.bitkom.net

Informatikkaufmann

Welche Computer, Netzwerkkomponenten und Software werden benötigt? Wo sind sie am günstigsten zu haben? Die Beantwortung dieser Fragen ist die zentrale Aufgabe des Informatikkaufmanns. Er analysiert dazu die Anforderungen der verschiedenen Abteilungen in seinem Unternehmen, berät sie bei der Einführung neuer Rechnersysteme und entwickelt die implementierten Lösungen weiter. Zu dem seit 1997 anerkannten Lehrberuf gehört zudem die Zuständigkeit für den Einkauf der Technik wie auch die Schulung und Betreuung der Anwender.

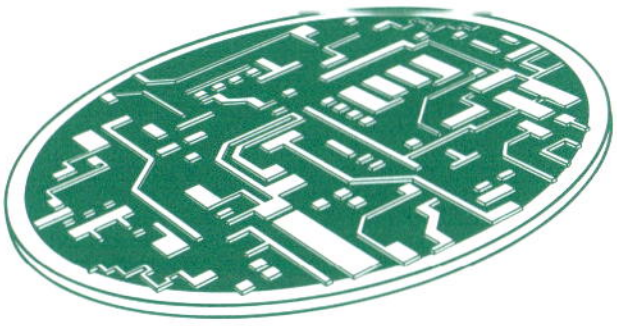

Voraussetzungen

Mittlere Reife, **Ausbildung:** Lehre oder Weiterbildung, **Einstiegsgehalt:** ca. 25 000 Euro, **Info:** Bundesverband Informationswirtschaft, Telekommunikation und neue Medien (BITKOM) e. V., www.bitkom.net

Verwandte Berufe

IT-Systemarchitekten konzipieren IT-Systeme und Datennetze in Unternehmen. Die Tätigkeit erfordert die Koordination verschiedener Computertechniken und setzt sehr gute Kenntnisse der Firmenabläufe voraus. Voraussetzungen sind in der Regel ein betriebswirtschaftliches Studium und IT-Kenntnisse.

IT-Manager sind in den Unternehmen verantwortlich für das Funktionieren der IT-Systeme. Sehr gute Kenntnisse und Führungsqualitäten sind unabdingbar.

System-Analysten stellen fest, welche Anforderungen ein Unternehmen an seine Informationstechnik hat und welche Lösungen dafür am besten geeignet sind. Gute DV-Kenntnisse und ein Blick für die unterschiedlichsten Geschäftsprozesse sind Voraussetzung.

Informatikassistenten betreuen und pflegen als rechte Hand der DV-Leiter die Rechner und Daten eines Unternehmens. Sie müssen sich sowohl mit der Informationstechnik wie in Betriebswirtschaft auskennen. Voraussetzung für den Weiterbildungs- und Umschulungsberuf ist die mittlere Reife und eine abgeschlossene Berufsausbildung.
Info: Arbeitsamt oder bei der Industrie- und Handelskammer

Logistik, Transport und Verkehr

Mobilität in jeder Hinsicht

Mobilität ist in der modernen Gesellschaft wichtiger denn je, egal ob es sich dabei um die Beförderung von Personen oder Gütern handelt. Durch den immer dichteren Verkehr auf Straße, Schiene und Wasser wachsen die Belastungen im Verkehrswesen. Neue Techniken sollen das Verkehrsaufkommen steuern und leiten. Neben den Mobilitätsexperten wird aber auch weiterhin zuverlässiges und umsichtiges Personal für die Beförderung von Fahrgästen und Waren gebraucht.

Verwandte Berufe

Speditionskaufleute organisieren bei Transport- oder Speditionsunternehmen den Versand und die Lagerung von Gütern. Sie legen in Absprache und entsprechend den Wünschen der Kunden die Fahrstrecken und das Transportmittel fest. Die dreijährige Ausbildung umfasst Kraftwagen, Sammelladungs-, Binnenschiffs- und Binnenumschlagsspedition, Seehafenspedition, Luftfrachtspedition, Lagerei und Möbeltransport. **Info:** Bundesverband Spedition und Logistik e. V. (BSL) Bonn, Tel. 018 05/55 94 94, www.spediteure.de; Bundesverband Güterkraftverkehr Logistik und Entsorgung (BGL) e. V., Frankfurt/M., Tel. 069/791 90, www.bgl-ev.de.

Berufskraftfahrer

LKW- oder Busfahrer sitzen nicht nur am Steuer, sondern lernen in der zweijährigen Ausbildung, wie sie sich im Straßenverkehr und bei Unfällen richtig verhalten und was beim Ausfüllen der Fracht- und Zollpapiere sowie der Beförderungsverträge zu beachten ist.

Voraussetzungen

Hauptschulabschluss oder mittlere Reife; Mindestalter für den Gütertransport 18 Jahre, für die Personenbeförderung 21 Jahre, **Ausbildungsdauer:** zwei Jahre, **Einstiegsgehalt:** ca. 15 000 Euro, **Info:** Berufskraftfahrer-Union Rheinland-Pfalz e. V., Neuwied, Tel. 026 31/77 98 15, www.berufskraftfahrer-union-rhld-pfalz.de

Eisenbahner

Hier kann man sich für eine mobile oder ortsfeste Variante entscheiden. Als Lokführer steuert man die Züge und als Zugbegleiter ist man für die Betreuung der Fahrgäste zuständig, während man bei der „Fachrichtung Fahrweg“ für den Rangier- und Zugbetrieb in den Bahnhöfen ausgebildet wird.

Voraussetzungen

Hauptschule oder mittlere Reife, **Ausbildungsdauer:** drei Jahre,
Einstiegsgehalt: ca. 18 000 Euro,
Info: Die Bahn, Frankfurt/M., Tel. 069/26 50,
www.bahn.de

Kapitän

Ein Beruf für Leute mit Fernweh, die eine geruhsamere Reisegeschwindigkeit bevorzugen. Die Anforderungen sind dennoch anspruchsvoll: Offiziere oder der Kapitän sind für den einwandfreien Zustand des Schiffes sowie für die Fracht verantwortlich. Für die Navigation und den gesamten Schiffsbetrieb ist sowohl auf modernen Traum- wie auch Handels- und Fischfangschiffen sehr viel technisches Verständnis notwendig. Je nachdem, ob die Fahrt in Küstennähe oder auf offener See stattfindet, müssen dazu unterschiedliche Ausbildungen und Lehrgänge an speziellen Fachschulen absolviert werden.

Voraussetzungen

Schulabschluss, Bescheinigung der Seetauglichkeit sowie ein Mindestalter von 15 Jahren,
Ausbildungsdauer: für Schiffe aller Größen auf weltweiter Fahrt zum Schiffsmechaniker drei Jahre, zum Offizier weitere zwei Jahre, zum Kapitän nach weiteren zwei Jahren auf See,
Einstiegsgehalt: ca. 18 000 Euro,
Info: Berufsbildungsstelle Seeschifffahrt, Bremen, Tel. 04 21/17 36 70

Verwandte Berufe

Taxifahrer arbeiten als Selbstständige oder Angestellte eines Unternehmens. Fahrgäste darf man befördern, wenn man den Führerschein Klasse B zwei Jahre lang besitzt, 21 Jahre alt ist und der besonderen Verantwortung gerecht wird. Zudem werden die Ortskenntnisse geprüft.
Info: Taxiverband Deutschland e.V. (TVD), Berlin,
Tel. 030/21 96 87 55,
www.taxiverband.de;
Deutscher Taxi- und Mietwagenverband (BZP) e.V. Frankfurt/M.,
Tel. 069/959 61 50,
www.taxi.de/bzp

Briefträger dürfen keine Stubenhocker sein. Zudem verlangt die Deutsche Post einen guten Hauptschulabschluss und gute Umgangsformen für die so genannten „Fachkräfte für Brief- und Frachtverkehr“. Über ihre Ausbildungsangebote informiert die Azubi-Infoline der Post zum Ortstarif unter 01 80/100 11 11.

Logistik, Transport und Verkehr

Pilot

Die Elektronik hat das Fliegen heutzutage sehr viel sicherer gemacht. Dennoch sind die Anforderungen an die Flugzeugführer, die sich nicht auf die hoch komplizierte und daher störanfällige Steuerungstechnik verlassen dürfen, nach wie vor sehr groß. Die Arbeit im Cockpit verlangt höchste Konzentration und Belastungsfähigkeit, die langen Flugzeiten setzen eine gute körperliche Verfassung voraus. Alternativ zum Job bei einer Luftfahrtgesellschaft kann man als festangestellter Firmenpilot, als Charterpilot für Geschäftsreisende oder als Rettungsflieger arbeiten.

Voraussetzungen

Abitur, bei manchen Fliegerschulen auch mittlere Reife. Mindestalter 19 Jahre, Höchstalter 30 Jahre, fliegerärztliches Zeugnis, englische Sprachkenntnisse, gute Kenntnisse in Mathematik und Physik, **Ausbildungsdauer:** zwei Jahre Basisschulung; die Kosten können je nach Flugschule bis zu 70 000 Euro betragen. Die Beförderung zum Flugkapitän erfolgt zum Beispiel bei der Lufthansa nach 13-jähriger Berufserfahrung als Co-Pilot. **Einstiegsgehalt:** ca. 30 000 Euro, **Info:** Vereinigung Cockpit, Neu-Isenburg, Tel. 061 02/37 00, www.vcockpit.de;
Lufthansa Frankfurt/M., Tel. 01 30/86 63 66

Fluglotse

Durch den wachsenden Flugverkehr ein sehr nervenaufreibender und verantwortungsvoller Job! Fluglotsen müssen die Bewegungen der Flugzeuge am Boden und in der Luft im Blick haben und in kritischen Momenten ruhig und besonnen reagieren. An Großflughäfen starten und landen die Maschinen fast rund um die Uhr, für die Leute im Tower bedeutet dies anstrengenden Schichtdienst.

Voraussetzungen

Fachhochschulreife oder Abitur. Mindestalter 19 Jahre, Höchstalter 25 Jahre, **Ausbildungsdauer:** 36 Monate Theorie und zusätzlich 18 Monate praktische Ausbildung, **Einstiegsgehalt:** ca. 45 000 Euro, **Info:** Deutsche Flugsicherungsakademie der Deutschen Flugsicherung GmbH, Langen, Tel. 061 03/70 71 15, www.dfs.de

Steward

Heute in London, morgen in Kalkutta: Die Stewards und Stewardessen sind ständig auf der ganzen Welt unterwegs. Doch selten bleibt bei den Zwischenstopps die Zeit, zwischen Flughafen und Hotel viel vom jeweiligen Land zu sehen. Während des Fluges heißt es dann die Fluggäste betreuen, Essen und Getränke ausgeben, Kinder versorgen. Trotz aller Hektik haben die Flugbegleiter einen aufregenden und abwechslungsreichen Beruf.

Voraussetzungen

Mittlerer Schulabschluss. Mindestalter 18 Jahre, Höchstalter 40 Jahre, Körpergröße über 1,60 Meter, gute Kenntnisse der englischen und möglichst einer weiteren Fremdsprache, **Ausbildungsdauer:** je nach Fluggesellschaft zwischen einigen Wochen und einem halben Jahr,
Einstiegsgehalt: ca. 18 000 Euro,
Info: Lufthansa, Frankfurt/M., Tel. 018 03/22 43 66, www.lufthansa.de

Ohne Ausbildung geht fast nichts

Berufe, für die keine Ausbildung erforderlich ist, werden immer seltener. Das Institut für Arbeitsmarktforschung schätzt, dass die Zahl der Stellen mit einfachen Tätigkeiten in den nächsten zehn Jahren von neun auf 4,5 Millionen zurückgehen wird.

Mit Menschen umgehen und in der Welt herumkommen, das war mein Traum. Deshalb bin ich Flugbegleiter geworden. Klar ist nicht alles rosig! Der Jetlag macht oft zu schaffen, die Bezahlung ist nicht so toll und manchmal sind Passagiere ziemlich aufreibend – aber dafür erlebe ich jeden Tag etwas Neues.

Malte, 24 Jahre

Handel und Dienstleistung

- Verkauf und Vertrieb
- E-Commerce
- Tourismus und Gastronomie
- Fitness und Freizeit
- Kosmetik und Schönheit
- Banken und Versicherungen
- Beratung

Der Kunde ist König!

Der Kunde ist König – so lautet die wichtigste Regel in diesem Bereich. Anders als in den sozialen und pädagogischen Berufen arbeitest du hier jedoch weniger mit den Menschen als für die Menschen. Es geht vor allem darum, ihre Wünsche durch freundliche Beratung und Service zufrieden zu stellen, damit sie auch weiterhin deine Angebote und Dienstleistungen in Anspruch nehmen. Rückst du erst einmal in führende Positionen auf, wirst du dir vor allem darüber Gedanken machen, mit welchen Produkten, Dienstleistungen und Verkaufsstrategien Kunden gewonnen werden können.
Generell solltest du deshalb Spaß daran haben, für andere die besten Lösungen zu finden und andere Menschen von deinem Angebot zu überzeugen. Das setzt eine genaue Kenntnis der Produkte voraus, die du anbietest. Erwartet wird, dass du dich gut in ein Fachgebiet einarbeitest oder dich eingehend über eine bestimmte Produktpalette informierst. Durch die rasante Weiterentwicklung in allen Bereichen ist eine ständige Weiterbildung wie auch die aufmerksame Beobachtung der aktuellen Trends sowie der Konkurrenz unerlässlich.

Wichtigste Voraussetzungen

- Diskretion und Vertrauenswürdigkeit
- Sprachliches Ausdrucksvermögen und die Fähigkeit, komplizierte Zusammenhänge einfach zu erklären
- Gepflegtes Äußeres und sicheres Auftreten
- Einfühlungsvermögen und Kundenfreundlichkeit
- Interesse an neuen Entwicklungen und Trends
- Verhandlungsgeschick und Spaß am Verkaufen
- Selbstständiges Denken und Anpassungsfähigkeit

Streben nach Umsatz und Gewinn

Die Arbeit in diesem Bereich setzt große Belastungsfähigkeit und gute Stressbewältigung voraus. Erwartet werden insbesondere in den führenden Positionen Erfolge, die sich in Umsatz und Gewinn messen lassen. Auch wenn es nicht unbedingt an dir liegen muss, wenn diese Zahlen nicht stimmen, so kann in diesem Fall dein Job in Gefahr sein. Erforderlich sind somit eine gehörige Portion Risikobereitschaft und Einsatzwille sowie finanzielles Geschick und die Fähigkeit, vorausschauend kaufmännisch planen zu können.

Es lebe der Handel!

Trotz Einkauf im Internet ist der Fachhandel nicht, wie vielfach befürchtet, überflüssig geworden. Noch immer lassen sich viele Kunden gerne persönlich beraten und das ist die große Chance für kleine Anbieter mit einem guten Sortiment und individuellem Service. Um erfolgreich zu sein, müssen sich die Ladenbesitzer jedoch auf die neue Zeit einstellen. Viele bieten deshalb zusätzlich zum traditionellen Verkaufsgeschäft Bestellmöglichkeiten im Internet an. Das erfordert wenig Investitionen und erhöht den Umsatz.

Buchhändler

Eine Leseratte sollte man schon sein, wenn man Bücher verkaufen will. Aber trotz Leseeifer darf ein Buchhändler nicht vergessen, dass er auch Kaufmann ist. Derzeit erhalten beinahe ausschließlich Abiturienten, die nach der Lehre ein Studium anhängen können, einen Ausbildungsplatz, da es in den Verlagen und Buchläden kaum noch Chancen auf eine Weiterbeschäftigung gibt. Wer sich dennoch nicht abschrecken lässt, kann wählen, ob er eine Lehre im Buchhandel oder im Verlag machen will. Verlage bieten zudem die Ausbildung zum Verlagskaufmann und Verlagsbuchhändler an. Während der angehende Buchhändler vor allem mit den Inhalten der Bücher zu tun hat, verbringt der kaufmännische Kollege mehr Zeit im Rechnungswesen.

Ich war schon als Kind eine echte Leseratte. Später wollte ich deshalb irgendetwas mit Literatur studieren. Aber dann entschied ich, besser zuerst einen Beruf zu erlernen, und habe eine Lehre als Buchhändler gemacht. Dabei habe ich gemerkt, dass mir das Beraten und Verkaufen sehr viel Spaß macht. Ich unterhalte mich gern mit den Kunden, um herauszufinden, welches Buch sie wirklich interessieren könnte.

Claudia, 23 Jahre

Voraussetzungen

Vereinzelt Hauptschulabschluss, in der Regel Abitur, **Ausbildung:** Lehre im Sortiment oder im Verlag und in der Berufsschule,
Einstiegsgehalt: ca. 20 000 Euro,
Info: Börsenverein des Deutschen Buchhandels e. V., Frankfurt/M., Tel. 069/130 60, www.boersenverein.de

Florist

Nur mit Blumenbinden kommt kein Florist weit. Er muss etwas von Pflanzenpflege verstehen und Kunden fachgerecht beraten können. Der Berufsverband der Floristen nennt als Vorraussetzungen eine gute schulische Allgemeinbildung, Liebe zu Blumen und Pflanzen, ausgeprägtes Farbempfinden, Harmoniegefühl für Formen, Freude am Umgang mit Menschen und Lust am kreativen Gestalten. Hinzu kommen Planungstalent, kaufmännisches Wissen, technisches Geschick und natürlich Kreativität. Ein vielseitiger Beruf, der engagierten und ideenreichen Menschen gute Aufstiegschancen bietet.

Voraussetzungen

Hauptschulabschluss, **Ausbildung:** dreijährige Lehre, **Einstiegsgehalt:** ca. 15 000 Euro, **Info:** Fachverband Deutscher Floristen, Gelsenkirchen, Tel. 02 09/95 87 70, www.florist-netz.de

Verwandte Berufe

Einzelhandelskaufleute versorgen und beliefern die Endkunden mit Waren aller Art. Sie arbeiten in Geschäften, die Werkzeuge, Lebensmittel, Kosmetik oder Haushaltswaren verkaufen. Auch hier werden ein freundliches Erscheinungsbild und Freude am Verkaufen erwartet. Voraussetzung ist der Hauptschulabschluss, ausgebildet wird durch eine Lehre im Einzelhandel.

Info: Hauptverband des Deutschen Einzelhandels (HDE), Berlin, Tel. 030/72 62 50, www.einzelhandel.de

Großhandelskaufmann

Die Kaufleute im Groß- und Außenhandel bilden die Schnittstelle zwischen Herstellern und Verkäufern. Sie arbeiten in drei Bereichen: Der Produktionsverbindungshandel beliefert Kunden in Industrie und Handwerk mit Rohstoffen und halb fertigen Waren. Der Konsumgütergroßhandel beliefert den Einzelhandel mit Fertigwaren. Die Außenhandelskaufleute sorgen für die grenzüberschreitenden Handelsbeziehungen in alle Welt. Eine gute Auffassungsgabe, gute Rechenkenntnisse sowie Kontaktfreude sind die wichtigsten Anforderungen in diesem Beruf.

Voraussetzungen

Hauptschulabschluss, **Ausbildung:** dreijährige Lehre in Betrieb und Berufsschule, **Einstiegsgehalt:** ca. 20 000 Euro, **Info:** Bundesverband des Deutschen Groß- und Außenhandels (BGA), Bonn, Tel. 02 28/26 00 40, www.bga.de

Merchandiser

Steht die Ware in Griffhöhe im Regal, verkauft sie sich besser. Dies ist nur die einfachste Regel, die Merchandiser kennen müssen, um Produkte verkaufsfördernd im Kaufhaus zu platzieren. Die Verkaufsförderer sind bei den Herstellerfirmen angestellt und beraten in deren Auftrag das Verkaufspersonal vor Ort bei der Präsentation der Waren. Der noch junge Beruf liegt derzeit im Trend, erfordert aber sehr viel Reisetätigkeit.

Voraussetzungen

Berufserfahrung im Marketing, Einzelhandel oder als Schauwerbegestalter, **Ausbildung:** Weiterbildung an privaten Akademien,
Einstiegsgehalt: ca. 40 000 Euro,
Info: Berufsverband Deutscher Verkaufsförderer und Trainer (BDVT), Köln, Tel. 02 21/92 07 60, www.bdvt.com

Vertriebsexperte

Der Absatz ist das entscheidende Kriterium für den Erfolg eines Unternehmens. Die Vertriebsexperten sollen dafür sorgen, dass er stimmt. Sie kennen sich mit allen Tricks des Verkaufens aus, sind aber natürlich auch darauf angewiesen, dass die Qualität des Produktes stimmt. Vertriebsleiter sind dabei für die Absatzplanung, die reibungslose Organisation des Vertriebs und die Beurteilung von Neuprodukten verantwortlich. Vertriebsassistenten sind die rechte Hand des Bereichsleiters oder, in kleineren Unternehmen, des Firmenchefs. Auf die komplexen Produkte und Leistungen des Maschinenbaus, der Elektrotechnik und Informatik sind Vertriebsingenieure spezialisiert, die an Fachhochschulen ausgebildet werden. Sie verbinden ihre naturwissenschaftlich-technischen Interessen mit der Freude am Verkaufen und an der Beratung.

Voraussetzungen

Hauptschulabschluss, **Ausbildung:** Lehre; mit Fachhochschulreife Studium zum Vertriebsingenieur, **Einstiegsgehalt:** ca. 40 000 Euro (Vertriebsleiter, Vertriebsingenieur), 34 000 Euro (Vertriebsassistent),
Info: Örtliche Industrie- und Handelskammern; Verein Deutscher Ingenieure e. V., Düsseldorf, Tel. 02 11/621 40, www.vdi.de

Callcenter-Agent

Der schnellste Weg, eine Auskunft zu erhalten, ist das Telefon. Immer mehr Firmen beauftragen spezielle Service-Unternehmen, die per Anruf eingehende Anfragen, Bestellungen oder Reklamationen entgegennehmen und bearbeiten. Der Kundendienst am Telefon ist heute fast schon selbstverständlich, das Arbeitsplatzangebot für die Telefonisten oder Callcenter-Agents außerordentlich gut. Bei diesem recht gut bezahlten Job muss man auch unter Stress freundlich bleiben, eine rasche Auffassungsgabe besitzen und gut erklären können. Er eignet sich als Teilzeit- und Nebentätigkeit und bietet Aufstiegschancen bis zum Callcenter-Leiter.

Voraussetzungen

Wohlklingende Stimme, gute Deutschkenntnisse, **Ausbildung:** Schulung beim Telefondienstleister, bei der IHK oder einer Callcenter-Akademie, **Einstiegsgehalt:** ca. 25 000 Euro,
Info: Call-Center Akademie, Marl, Tel. 023 65/94 04 40, www.cca.nrw.de;
Call Center Forum Deutschland e. V., Bamberg, Tel. 01 80/526 64 22, www.call-center-forum.de

Verwandte Berufe

Telesaler oder Telefonverkäufer sind Verkaufstalente am Telefon. Sie sind darauf trainiert, per Anruf für neue Produkte zu werben und die Gesprächsteilnehmer zum Kauf zu überreden. Wer Erfolg hat, kann ordentlich Geld verdienen.

Das Web – eine eigenständige Branche

Das wachsende Angebot an Informationen, Dienstleistungen und Produkten aller Art hat rund um das weltweite Datennetz eine eigenständige Branche entstehen lassen. Per Mausklick kann man vom Hasenfutter bis zum Auto alles kaufen. E-Commerce nennt sich dabei der elektronische Handel zwischen Anbietern und Kunden, während der Begriff E-Business sämtliche Geschäftsprozesse eines Unternehmens, wie die Finanzbuchhaltung, die Warenwirtschaft oder den Einkauf, umfasst, die elektronisch abgewickelt werden.

E-Business-Manager

Immer mehr Unternehmen verlagern ihre Geschäfte ins Internet. Die E-Business-Manager wissen, wie diese neue Verkaufsmöglichkeit am besten genutzt werden kann, und entwickeln dafür die richtigen Lösungen. Sie müssen das Geschäft des Unternehmens sehr gut verstehen, gute Kenntnisse im Projektmanagement haben und die Möglichkeiten des Internets als elektronische „Filiale" kennen. Unternehmerisches Denken, Verständnis der neuen Technologien und das Erkennen neuer Trends sind grundlegende Voraussetzungen für diesen Job, der direkt in den Firmen oder bei Beratungsgesellschaften ausgeübt wird.

Voraussetzungen

Informatik-, Medien- oder Wirtschaftsstudium, **Ausbildung:** Quereinstieg oder Weiterbildung an privaten Akademien, **Einstiegsgehalt:** ca. 35 000 Euro,

Info: Electronic Commerce Forum, Köln, Tel. 02 21/970 24 07, www.eco.de; Electronic Commerce Info Net, www.ecin.de; Who is who des E-Commerce, www.whois.de

Online-Producer

Die Web-Seiten eines Unternehmens müssen gut aussehen, um Besucher anzulocken. Der Online-Producer ist von der ersten Konzeption an für die richtige Gestaltung des Internet-Auftritts zuständig. Zusammen mit den jeweiligen Spezialisten entwickelt er das Design der Internet-Seiten, sorgt für die Programmierung und stellt die Inhalte zusammen. Er muss dazu das Projektmanagement ebenso wie die Multimedia- und Online-Techniken kennen.

Voraussetzungen

Informatik-, Medien- oder Wirtschaftsstudium, **Ausbildung:** Quereinstieg oder Weiterbildung an privaten Akademien, **Einstiegsgehalt:** ca. 35 000 Euro, **Info:** Deutscher Multimedia Verband (dmmv) e. V., Düsseldorf, Tel. 02 11/85 28 60, www.dmmv.de; KoordinationsCentrum für Ausbildung in den Medienberufen (AIM), Köln, Tel. 02 21/912 63 30, www.aim-mia.de

DER YETTIE

Nach dem Yuppie, dem erfolgreichen Stadtmenschen Young Urban Professional, steht heute der Yettie im Mittelpunkt des Interesses. Yettie steht für young, enterpreneurial, techbased, twenty-something und meint den modernen Menschentyp in der Informationstechnik-Branche. Ein Yettie lebt von der Droge Arbeit in einem Internet- oder E-Commerce-Unternehmen, hat eine 60-Stunden-Woche und das Ziel, mit 45 genug verdient zu haben, um sich zur Ruhe setzen zu können.

Verwandte Berufe

Web-Content-Manager betreuen den Auftritt eines Unternehmens im weltweiten Datennetz und bereiten die angebotenen Inhalte auf. Erfahrungen mit elektronischen Medien, Managementfähigkeiten und sehr gute Fremdsprachenkenntnisse – vor allen in Englisch und Französisch – sind Voraussetzung.

Webmaster sind für die technische Realisierung eines Web-Auftritts zuständig. Sie müssen die Programmiersprachen des Internets, das Design von Web-Seiten und den Aufbau von Datenbanken beherrschen.

Web-Architekten konzipieren E-Business-Anwendungen und entwickeln Web-Seiten. Sie müssen sich in erster Linie mit den informationstechnischen Grundlagen des Internet-Auftritts, wie Serverausstattung oder Betriebssysteme, auskennen.

Reisen und gut speisen

Noch nie waren die Bundesbürger so mobil und verfügten zudem über so viel Freizeit. Hinzu kommen immer mehr Ruheständler, die es sich im Alter gut gehen lassen. Die Tourismusbranche ist daher zu einer Boombranche geworden, die auch weiter kräftig wachsen wird. Bereits jetzt zählt sie mit 13 Prozent aller Arbeitsplätze zum sechstgrößten Wirtschaftsbereich in Deutschland. Auch in der Gastronomie, also in den Hotels und Restaurants, werden immer gute Leute gesucht. Allerdings sind die Arbeitsbedingungen in der Regel weniger angenehm. Lange Schichtdienste, unzufriedene Gäste und stressige Arbeitsbedingungen halten nur Menschen mit sehr viel Geduld und großer Belastbarkeit aus.

Reiseverkehrskaufmann

Angehende Reiseverkehrskaufleute spezialisieren sich während der Ausbildung auf einen Bereich: Mit einem Abschluss im Fachbereich Touristik verkaufen sie vor allem Urlaubsreisen, Flüge oder Ausflugsfahrten in Reisebüros oder bei großen Reiseveranstaltern. Mit dem Fachgebiet Kuren und Fremdenverkehr arbeiten sie vorwiegend im Kurwesen, im Fremdenverkehr oder bei Tagungsveranstaltern. Generell gehört zu ihren Aufgaben die Kundenberatung, die Planung von Freizeitaktivitäten, die Abrechnung von Aufträgen und die Durchführung von Marketingmaßnahmen.

Verwandte Berufe

Touristikfachwirte übernehmen leitende Funktionen in einem Reisebüro, Reiseunternehmen oder im Fremdenverkehr. Den Titel dürfen nicht nur Reiseverkehrs- oder Hotelkaufleute, sondern auch Kaufleute anderer Branchen nach einer zweijährigen Fortbildung tragen.

Voraussetzungen

Mittlere Reife, **Ausbildung:** dreijährige Lehre,
Einstiegsgehalt: ca. 16 000 Euro,
Info: Verband Deutscher Kur- und Tourismusfachleute e. V. (VDKF), Königs Wusterhausen, Tel. 033 75/25 20 14, www.touristik-deutschland.de/vdkf; Deutscher Reisebüro und Reiseveranstalter Verband (DRV), Berlin, Tel. 030/28 40 60, www.drv.de; AJT Fachverband für touristische Aus- und Weiterbildung e. V., Köln, Tel. 02 21/974 56 60, www.ajt-koeln.de

Servicekaufmann im Luftverkehr

Ein neuer Ausbildungsberuf, der auf den Dienst am Boden vorbereitet. Die Servicekaufleute im Luftverkehr beraten und betreuen in den Flughäfen die Passagiere in allen für die Flugreise wichtigen Fragen. Sie checken die Passagiere ein, helfen bei Orientierungsschwierigkeiten in den riesigen Schalterhallen und sind für Sicherheitsfragen zuständig. Freundliches Auftreten, Höflichkeit und Fremdsprachkenntnisse sind unabdingbar. Kaufmännisches Wissen ist vor allem bei der Buchung und Abrechnung von Flügen gefragt.

Voraussetzungen

Mittlere Reife, **Ausbildung:** dreijährige Lehre,
Einstiegsgehalt: ca. 18 000 Euro,
Info: direkt bei den Flughäfen

Ich habe schon während der Schulzeit gerne Jugendgruppen und Kinderfreizeiten geführt. Nach dem Abitur wollte ich dann etwas von der Welt sehen und habe in einer großen Hotelanlage gejobbt. Dort habe ich erstmals einen Animateur erlebt und gedacht, das kannst du doch auch. Jetzt mache ich den Job bereits seit fünf Jahren und habe immer noch meinen Spaß. Aber ewig will ich nicht den Kasper für andere spielen. Deshalb werde ich im nächsten Jahr eine Hotelfachschule besuchen und vielleicht leite ich ja eines Tages meinen eigenen Ferienclub.

Robin, 26 Jahre

Tourismus und Gastronomie

EINSTIEGSCHANCE

Interessierte ohne Schulabschluss können mit einem Berufsvorbereitungsjahr ins Gastgewerbe einsteigen. Sie lernen die Fertigkeiten des Servierens und erwerben Grundkenntnisse im Kochen. Außerdem können die Teilnehmer in dieser Zeit den Hauptschulabschluss nachholen. Ein dreiwöchiges Praktikum kann zu einem Ausbildungsplatz führen.

Koch

Ein Hotel oder ein Restaurant kann noch so schön sein – doch wenn das Essen nicht gut ist, bleiben die Gäste aus. Die Küchenmeister sind daher die wichtigsten Personen in der Gastronomie. Gute Köche zeichnet nicht nur das Können aus, sondern auch Fantasie und Experimentierfreude. Während der Ausbildung lernen sie nicht nur Fleisch braten und Soßen rühren. Auch Einkauf, Lagerhaltung, die Zusammenstellung der Speisekarte sowie Hygiene am Arbeitsplatz stehen auf dem Lehrplan. Wer seine Kochkünste zur Perfektion bringen will, besucht anschließend Fachkurse und verdingt sich zunächst in der Küche eines Spitzenkochs. Im Gastgewerbe wird im Schichtbetrieb gearbeitet, häufig dauert der Arbeitstag jedoch vom Einkauf am frühen Morgen über die Zubereitung des Mittagessens bis zum Aufräumen der Küche tief in der Nacht. Normale Arbeitsbedingungen herrschen in den Kantinen von Firmen oder Krankenhäusern.

Voraussetzungen

Mittlere Reife, **Ausbildung:** dreijährige Lehre, **Einstiegsgehalt:** ca. 25 000 Euro, **Info:** Verband der Köche Deutschlands e. V., Frankfurt/M., Tel. 069/630 00 60, www.vkd.com

Restaurantfachmann

Sie kümmern sich um das Wohl der Gäste im Restaurant. Doch dazu gehört mehr als nur das Auftragen der Speisen. Das Eindecken und Gestalten der Gasträume wie auch die verständnisvolle Beratung beim Essen verlangen Einfühlungsvermögen, Gewandtheit und gute Umgangsformen. Restaurantfachkräfte sind gefragt. Wer seine Berufschancen weiter verbessern will, kann sich zum Sommelier (frz.: Kellermeister) oder Barkeeper fortbilden.

Voraussetzungen

Mittlere Reife, **Ausbildung:** dreijährige Lehre,
Einstiegsgehalt: ca. 15 000 Euro,
Info: Deutscher Hotel- und Gaststättenverband, Berlin, Tel. 030/726 25 20, www.dehoga.de

Verwandte Berufe

Gästemanager sind speziell für den guten Draht zum Kunden verantwortlich und übernehmen in kleineren und mittleren Betrieben Aufgaben im Personal- und Schulungswesen. Eine spezielle Ausbildung gibt es nicht, hilfreich sind jedoch langjährige Erfahrungen im Gastgewerbe.

Animateure sorgen für den Spaß und die Unterhaltung der Gäste. Sie organisieren Freizeitveranstaltungen in Hotels, auf Kreuzfahrtschiffen und in Ferienclubs.
Info: www.animateure.de

Hotelkaufmann / Hotelfachmann

Nur wahre Allroundtalente können die Arbeit in einem Hotel stemmen, da sie sich gleichermaßen um den Service für die Gäste, um die Organisation des Betriebs, den Einsatzplan für das Personal und die Auslastung der Zimmer kümmern müssen. Der Hotelfachmann ist dabei für die eigentlichen Arbeitsabläufe im Haus zuständig, der Kaufmann mehr für die betriebswirtschaftlichen Aspekte. Ratsam ist die Ausbildung in einem renommierten Betrieb und an einer international anerkannten Berufsfachschule. Bei großen Hotelketten winken guten Mitarbeitern nicht nur interessante Verdienstmöglichkeiten, sondern auch Jobs in attraktiven Städten auf der ganzen Welt. Wer sich im Alltag bewährt, kann als Hotelmanager bald die Leitung eines guten Hauses übertragen bekommen.

Voraussetzungen

Mittlere Reife, **Ausbildung:** dreijährige Lehre,
Einstiegsgehalt: ca. 15 000 Euro,
Info: Deutscher Hotel- und Gaststättenverband, Berlin, Tel. 030/726 25 20, www.dehoga.de

Wellness – ein stetiger Trend

Die meisten Arbeitnehmer üben heute eine sitzende Tätigkeit vor einem Bildschirm aus. Bis zum Feierabend wächst bei ihnen das Bedürfnis nach Bewegung und Ausgleich durch Sport und Entspannung. Dies bescherte den Fitness-Studios in den vergangenen Jahren einen regelrechten Boom, der auch in den kommenden Jahren anhalten wird. Zwar gibt es inzwischen in den Ballungsgebieten genug Sporteinrichtungen, doch junge Nachwuchskräfte, die sich mit den aktuellen Trends auskennen, sind weiterhin gesucht. Hervorragende Zukunftsperspektiven tun sich auch in der Wellness-Branche auf, die Rundum-Wohlfühlprogramme für Gesundheit, Entspannung und Schönheit anbietet.

Fitness-Trainer

Wer sich gerne bewegt, kann als Sportlehrer oder Fitness-Trainer seine Leidenschaft zum Beruf machen. Dabei muss man jedoch auch Spaß daran haben, in Vereinen, Sport-Studios und Hotelanlagen andere Menschen in Bewegung zu bringen. Da es keine geregelte Ausbildung gibt, sollte man zudem seinen beruflichen Werdegang in der Sportbranche gut planen. Als Nachweis für die Qualifikation dienen Lizenzen der verschiedensten Verbände, Sportakademien oder Einrichtungen. Allerdings sollte man sichergehen, dass diese Ausbildungsnachweise allgemein anerkannt sind. Auskunft geben die großen Spitzenverbände. Experten empfehlen außerdem, einen „ordentlichen" Beruf etwa als Masseur, Physiotherapeut oder Bademeister zu erlernen oder beispielsweise Psychologie, Pädagogik oder Sportwissenschaft zu studieren.

Voraussetzungen

Hauptschulabschluss; empfehlenswert ist eine abgeschlossene Berufsausbildung, **Ausbildung:** Lehrgänge an verschiedenen Einrichtungen,
Einstiegsgehalt: ca. 20 000 Euro,
Info: Deutscher Sportbund, Frankfurt/M.,
Tel. 069/670 00, www.dsb.de;
Deutsche Fitnesslehrer Vereinigung e. V., Baunatal,
Tel. 056 01/80 55, www.dflv.de

Verwandte Berufe

Diplomsportlehrer haben ein Studium der Sportwissenschaft oder Sportpädagogik absolviert. Sie können an Schulen unterrichten, in der Lehre und Forschung arbeiten oder leitende Funktionen in Fitnesseinrichtungen übernehmen.

Gesundheitsberater

Ein neuer Beruf, bei dem gemeinsam mit den Patienten nach Lösungen für eine schnellere Genesung und nach Möglichkeiten der Vorbeugung vor künftigen Leiden gesucht wird. Die Gesundheitsberater arbeiten in Kliniken und Kureinrichtungen oder unterstützen Ärzte und Heilpraktiker. In Betrieben kümmern sie sich vor allem um die Gesundheitsförderung der Mitarbeiter, um die Ausfallzeiten durch Krankheiten zu reduzieren. Durch die wachsende Bedeutung der Gesundheitsvorsorge könnte die bislang geringe Nachfrage wachsen.

Voraussetzungen

Medizinische, soziale oder pädagogische Grundausbildung, **Ausbildung:** Weiterbildung an Volkshochschulen, Akademien und Instituten, **Einstiegsgehalt:** ca. 20 000 Euro, **Info:** UGB Verband für unabhängige Gesundheitsberatung e. V., Gießen, Tel. 06 41/80 89 60, www.ugb.de

Verwandte Berufe

Fitnessfachwirt ist ein Weiterbildungsberuf der Industrie- und Handelskammer. Die Vertiefung kaufmännischer Kenntnisse befähigt zur Übernahme von Führungsfunktionen in Fitness-Centern oder Sporthotels.

Wellness-Trainer beraten in Sporthotels, Kurbetrieben und Freizeitanlagen die Gäste in Fragen der Ernährung, Bewegung und Entspannung. Grundlage ist eine Ausbildung im Sport-, Kosmetik- oder Ernährungsbereich; die bislang einzige Weiterbildung bietet der Deutsche Wellness-Verband e. V. in Düsseldorf, Tel. 02 11/679 69 11, www.wellnessverband.de

Eine Wohltat für Körper und Seele

Die Stars und Idole im Fernsehen und Kino setzen die Maßstäbe für gutes Aussehen, denen viele nacheifern. Schönheits- und Kosmetikberufe haben dadurch Hochkonjunktur. Das Können dieser Fachleute hat zudem beinahe therapeutische Wirkung, da Attraktivität und gute Ausstrahlung das Selbstwertgefühl stärken und das Wohlbefinden fördern. Die Beauty-Spezialisten müssen daher nicht nur den Umgang mit Salben und Cremes beherrschen, sondern auch ein Gespür für guten Stil und sehr viel Einfühlungsvermögen in die verschiedenen Bedürfnisse ihrer Kunden haben.

Frisör

Haareschneiden ist ein krisensicherer Job. Frisöre müssen allerdings weit mehr können als einen flotten Schnitt stylen. Moderne Hairstylisten legen Wert auf gute Kundenberatung, haben einen guten Geschmack und kennen sich in der Haarpflege aus. Außer den Arbeitsmöglichkeiten im Frisiersalon können Frisöre, eventuell mit einer Zusatzausbildung als Visagist oder Maskenbildner, bei Bühne, Film und Fernsehen eine Beschäftigung finden.

Voraussetzungen

Hauptschulabschluss oder mittlere Reife,
Ausbildung: dreijährige Lehre,
Einstiegsgehalt: ca. 15 000 Euro,
Info: Zentralverband des Deutschen Friseurhandwerks, Köln, Tel. 02 21/973 03 70, www.friseurhandwerk.de

Wer sich um eine Lehrstelle bewerben will, sollte sich – möglichst mit Hauptschulabschluss – persönlich bei uns vorstellen. Noch besser ist ein Praktikum, damit der Bewerber selbst feststellen kann, ob er handwerklich geschickt ist und sich gut in das Team einfügen kann. Wir legen großen Wert auf ein freundliches Wesen, eine positive Ausstrahlung und gute Umgangsformen.

Manfred Faller, Frisörmeister

Kosmetiker

Echte Schönheitspflege geht bis unter die Haut. Kosmetiker reinigen Gesicht und Dekolletee porentief, behandeln Unreinheiten und pflegen die Haut mit Masken und Packungen. Zur dekorativen Kosmetik gehört die Verschönerung durch Auftragen von Make-up. Verstärkt beschäftigen sich die Beauty-Experten auch mit Pflegekuren, Ernährungsfragen und fernöstlicher Heilkunde. Kosmetiker sind in Schönheits- oder Frisiersalons, Drogerien, Wellness-Hotels, Hautkliniken oder Parfümläden angestellt, viele machen sich mit eigenen Kosmetikpraxen selbstständig.

Voraussetzungen

Hauptschulabschluss, **Ausbildung:** je nach Bundesland ein- bis dreijährige Lehre,
Einstiegsgehalt: ca. 15 000 Euro,
Info: Bundesverband Deutscher Kosmetikerinnen e. V., Hamburg, Tel. 040/677 18 55; Verband medizinischer Kosmetik e. V., Aachen, Tel. 024 21/68 01 53

Verwandte Berufe

Farb- und Stilberater geben Tipps zum passenden Make-up und Outfit. Nur selten wird daraus ein eigenständiger Beruf als Promi-Berater oder bei einem Mode-Unternehmen. Meistens bieten Kosmetiker oder Textilverkäufer diesen Service zusätzlich an.
Info: Interessenverband Deutscher Farb- & Stil-Berater e. V., Augsburg, Tel. 08 21/55 51 76

Fußpfleger

Die korrekte Bezeichnung für diesen Beruf lautet „medizinischer Fußpfleger" – das heißt, er hat vor allem pflegerische und hilfsmedizinische Aufgaben. Massagen und Bewegungsübungen gehören ebenso zu dem Aufgabenbereich wie die Anpassung von Stütz- und Korrekturmitteln. Fußpfleger sind in der Regel freiberuflich tätig, häufig zusätzlich zum eigentlichen Beruf als Kosmetiker, Masseur oder Bademeister.

Voraussetzungen

Hauptschulabschluss; eine Berufsausbildung als Masseur, Kosmetiker oder Orthopädieschuhmacher ist empfehlenswert. **Ausbildung:** an Fachschulen oder Privatschulen, **Einstiegsgehalt:** ca. 15 000 Euro,
Info: Zentralverband der medizinischen Fußpfleger Deutschlands e. V., Recklinghausen, Tel. 023 61/18 59 60, www.zfd.de

Banken und Versicherungen

Viele Ausbildungs-möglichkeiten stehen offen

Früher gehörten die Banken und Versicherungen zu den begehrtesten Arbeitgebern. Das hat sich geändert. Die Finanzbranche hat Probleme, Nachwuchs zu finden, meldet etwa die Stuttgarter Zeitung. Schuld seien die Berichte über Personalabbau, meint der Ausbildungsleiter bei der Landesbank Baden-Württemberg, Jens Jungbauer, aber auch das größere Interesse der Jugendlichen an Jobs in der Informations- und Kommunikationsbranche. Die Folge: Von 190 Ausbildungsplätzen konnte die LBBW im Jahr 2000 nur 175 besetzen. Hier bieten sich somit gute Gelegenheiten für Bewerber, zu denen auch Technikbegeisterte gehören dürfen, denn die Unternehmen bilden zunehmend selbst Fachinformatiker und Kommunikationsspezialisten aus.

Bankkaufmann

In der Ausbildung lernen die künftigen Bankkaufleute im ersten Lehrjahr in den Geschäftsstellen sämtliche Grundlagen des Geldgeschäfts in der Finanzbranche, wie Kontoführung, Zahlungsverkehr, Geld- und Vermögensanlage, kennen. Im zweiten Ausbildungsjahr kommen sie in die Zentralen und arbeiten in den übergeordneten Geschäftsbereichen der Kreditabteilung oder der Personalentwicklung. Gegen Ende der Lehrzeit findet dann eine Konzentration auf bestimmte Interessenschwerpunkte statt. Höflichkeit und Belastbarkeit sind im Bankgeschäft ebenso unerlässlich wie die Einhaltung einer strikten Kleiderordnung.

Verwandte Berufe

Versicherungskaufleute müssen aufgeschlossen sein und den Umgang mit Menschen mögen, da sie ständig mit Kunden zu tun haben. Weniger um ihnen Policen zu verkaufen, als ihnen mit Rat und Tat bei Versicherungsangelegenheiten zur Seite zu stehen. Auch mit Zahlen müssen sie umgehen können, da sie die Buchführung und die Berechnung der Versicherungsbeträge beherrschen müssen.

Voraussetzungen

Hauptschulabschluss, bevorzugt mittlere Reife,
Ausbildung: dreijährige Lehre,
Einstiegsgehalt: ca. 23 000 Euro,
Info: Bundesverband deutscher Banken e.V. (BdB), Berlin, Tel. 030/166 30, www.bankenverband.de; Deutscher Bankangestellten-Verband (DBV), Düsseldorf, Tel. 02 11/369 45 58, www.dbv-germany.de

Underwriter

Versicherungen schützen vor allzu großen finanziellen Schäden. Passiert etwas, kommen sie für die Kosten auf. Dafür zahlen die Kunden im Voraus einen bestimmten Betrag, die Versicherungsprämie. Je größer der möglicherweise entstehende Schaden wird, desto höher sind die Prämien. Die Underwriter stellen fest, wie hoch das Risiko für ihre Versicherung ist, dass etwas passiert, und legen die Höhe der Prämie fest. Bei einer Feuerversicherung für ein Geschäft etwa prüfen sie, ob ein Feuer leicht ausbrechen kann und wie gut der Brandschutz ist.

Voraussetzungen

Ausbildung als Versicherungskaufmann; Rechts-, betriebswirtschaftliche und Englischkenntnisse werden erwartet. **Ausbildung:** Weiterbildung bei großen Versicherungsgesellschaften,
Einstiegsgehalt: ca. 20 000 Euro,
Info: Gesamtverband der Deutschen Versicherungswirtschaft e. V., Berlin, Tel. 030/20 20 50 00, www.gdv.de

DIE ERSTE VERSICHERUNG WAR EINE WETTE

Entstanden sind die Versicherungen im 17. Jahrhundert in einem schummrigen Lokal des Londoner Hafens. Dort saßen die reichen Geschäftsleute oft mit den Schiffseignern zusammen, die ihre Waren über die Weltmeere transportierten. Irgendwann kamen sie auf die Idee, Wetten auf die Überfahrten abzuschließen. Die Reeder mussten dafür einen bestimmten Einsatz leisten. Kamen ihre Schiffe wohlbehalten zurück, verloren sie den Betrag. Ging etwas schief, mussten die Geschäftsleute den Wert der Ladung und des Schiffes ersetzen. Aus diesen Wettabschlüssen entstand die erste Versicherung der Welt, die heute noch den Namen des Lokals trägt: Lloyd's.

Experten haben alle Chancen!

Beratungsbedarf besteht heute in beinahe allen Lebensbereichen – im Privaten ebenso wie in großen Unternehmen.
Der Normalbürger findet sich im Steuer- und Gesetzesdschungel kaum mehr zurecht. Da es in einem Rechtsstreit, bei der Steuererklärung oder bei der Altersvorsorge um bares Geld geht, wird guter Rat von Rechts-, Steuer- und Versicherungsexperten gerne in Anspruch genommen. Hier sind freiberufliche Steuerberater, Versicherungsvertreter und Anwälte gefragt, die auf eigene Rechnung arbeiten.
Für die Unternehmen reicht es heute nicht mehr aus, gute Produkte zu entwickeln, um wirtschaftlich erfolgreich zu sein. Die globale Konkurrenz durch den Welthandel, der rasante technologische Fortschritt und die Herausforderungen der elektronischen Vernetzung über das Internet erfordern gezielte Strategien und Planungen für das Management. Dabei holen sich immer mehr Unternehmen Rat bei Experten. Der Bedarf an Unternehmensberatern aller Art wird weiter zunehmen. Allerdings werden auch die Anforderungen an das Fachwissen und die analytischen Fähigkeiten größer werden.

Steuerfachangestellter

Zahlen und nochmals Zahlen: Das sind die wichtigsten Arbeitsmaterialien der Steuerfachangestellten, die als rechte Hand der Steuerberater sowohl für die Büroorganisation zuständig sind wie auch an Steuererklärungen, bei der Buchhaltung oder bei Jahresabschlüssen mitarbeiten. Man muss also schon eine gehörige Portion Begeisterung für Mathematik mitbringen, um in diesem Job glücklich zu werden. Aber auch der Umgang mit Menschen will gekonnt sein, da beim Thema Geld bekanntlich der Spaß aufhört.
Für engagierte Steuerfachgehilfen bieten sich gute Karrierechancen: Nach drei Jahren bei einem Steuerberater, Steuerbevollmächtigten, Wirtschaftsprüfer oder vereidigten Buchprüfer kann die Prüfung zum Steuerfachwirt, nach zehn Jahren

die Prüfung zum Steuerberater oder Wirtschaftsprüfer abgelegt werden.
Unabhängig davon ist die ständige Weiterbildung unbedingt erforderlich, da sich die Steuergesetze häufig ändern und man natürlich immer auf dem neuesten Stand sein muss.

Voraussetzungen

Hauptschule; bevorzugt mittlere Reife oder Abitur,
Ausbildung: dreijährige Ausbildung beim Arbeitgeber und in der Berufsschule,
Einstiegsgehalt: ca. 18 000 Euro,
Info: Bundessteuerberaterkammer, Berlin,
Tel. 030/240 08 70, www.bstbk.de;
Deutscher Steuerberaterverband, Berlin,
Tel. 030/27 87 62, www.dstv.de

Verwandte Berufe

Steuerberater müssen eine spezielle Prüfung ablegen. Als Voraussetzung genügt eine Lehre als Buchprüfer oder Steuerfachgehilfe, meist erfolgt jedoch ein Betriebswirtschaftsstudium an einer Fach- oder Hochschule.

Wirtschaftsprüfer regeln die Finanz- und Steuerangelegenheiten von Unternehmen. Voraussetzung ist die Weiterbildung zum Steuerberater.

Allfinanzexperte

Der Sparstrumpf allein genügt heute keineswegs, um für die Zukunft vorzusorgen. Optimal ist es, sein Geld sowohl auf Sparkonten und in Aktien anzulegen wie auch Lebensversicherungen und Bausparverträge abzuschließen. Doch es ist nicht leicht, aus den vielen Anlagemöglichkeiten die besten herauszufinden.
Die Allfinanzexperten beraten ihre Kunden bei Banken, Versicherungen oder Vermögensberatungen in allen Finanzfragen und stellen ein auf deren persönliche Bedürfnisse abgestimmtes Anlagepaket zusammen. Sie müssen über weltweite wirtschaftliche und finanzielle Entwicklungen sowie das Börsengeschehen stets auf dem Laufenden sein.

Voraussetzungen

Mittlere Reife, **Ausbildung:** dreijährige Lehre als Versicherungs- oder Bankkaufmann sowie als Allfinanzexperte,
Einstiegsgehalt: ca. 30 000 Euro,
Info: Deutsche Vereinigung für Finanzanalyse und Anlageberatung e. V., Dreieich, Tel. 061 03/583 30, www.dvfa.de;
Bundesverband Finanzdienstleistungen e. V., Berlin, Tel. 030/261 79 99

Consultant

Consultants beraten Unternehmen in ihrer gesamten Organisationsstruktur, damit sie bessere Ergebnisse erreichen. Sie optimieren Arbeitsprozesse, suchen nach Schwachstellen im Betrieb und prüfen Einsparmöglichkeiten.
Rund 60 000 Unternehmensberater gibt es in Deutschland und noch immer suchen die 11 000 Beratungsfirmen nach Mitarbeitern. Entsprechend gut bezahlt werden kompetente Fachleute, die dafür allerdings auch hart arbeiten und gute Ergebnisse abliefern müssen. Besonders begehrt sind junge Betriebswirte, Ingenieure und Diplomkaufleute mit überdurchschnittlichen Noten und Auslandserfahrung.

Voraussetzungen

Abgeschlossenes Hochschulstudium, **Ausbildung:** ständige Fortbildungen im Beruf, **Einstiegsgehalt:** ca. 60 000 Euro, **Info:** Bundesverband Deutscher Unternehmensberater BDU e. V., Bonn, Tel. 02 28/916 10, www.bdu.de

Infobroker

Aktuelle Informationen über Märkte, Produkte und Kunden sind für die Unternehmen heute wettbewerbsentscheidend. Infobroker sind darauf spezialisiert, aus der riesigen Datenfülle verschiedener Archive und Datenbanken im Internet die wichtigsten Informationen aufzustöbern. Sie werten das Informationsmaterial aus und stellen es zu Dokumentationen oder Marktberichten zusammen. Die Arbeit erfordert analytisches Denken, eine gute Kombinationsgabe und sehr gute Fachkenntnisse.

Voraussetzungen

Geistes- oder wirtschaftswissenschaftliches Studium sowie sehr gute Recherchekenntnis im Internet, **Ausbildung:** nur über Quereinstieg, **Einstiegsgehalt:** ca. 35 000 Euro, **Info:** Deutsche Gesellschaft für Informationswissenschaft und Informationspraxis e. V., Frankfurt/M., Tel. 069/43 03 13, www.dgd.de

Outsourcing-Berater

Von Outsourcing spricht man, wenn Unternehmen einzelne Bereiche an private Dienstleister abgeben, weil sie dadurch Kosten sparen. Anfangs wurden vor allem die EDV-Abteilungen ausgelagert. Inzwischen kann vom Rechnungswesen über die Gebäudeverwaltung bis zur Kantine fast alles „outgesourced" werden. Oft ist dies jedoch eine heikle Angelegenheit, da wichtige Firmendaten oder -prozesse ausgelagert werden. Damit dabei nichts schief geht, werden Outsourcing-Berater engagiert. Sie suchen einen zuverlässigen Anbieter, sorgen für die reibungslose Übergabe der Geschäftsbereiche und für die vertragliche Absicherung der Auslagerung.

Voraussetzungen

In der Regel abgeschlossene kaufmännische Berufsausbildung,
Ausbildung: Weiterbildung zum Unternehmens- oder Outsourcing-Berater, **Einstiegsgehalt:** ca. 30 000 Euro,
Info: Bundesverband Deutscher Unternehmensberater e. V., Bonn, Tel. 02 28/916 10, www.bdu.de

Marktforscher

Welche Trends sind in Zukunft angesagt? Wie entwickeln sich die Märkte? Welche Technologien gibt es morgen? Für die Unternehmensführer ist die Beantwortung dieser Fragen sehr wichtig, um für die kommenden Jahre besser planen zu können und damit besser als die Konkurrenz zu sein. Denn es gilt, zukünftige Bedürfnisse möglichst schnell befriedigen zu können.
Die Marktforscher versuchen durch Meinungsumfragen und Marktanalysen die künftigen Entwicklungen vorherzusagen. Die wichtigsten Fakten und Ergebnisse verkaufen sie oft für teures Geld an ihre Auftraggeber.

Voraussetzung

Abitur, **Ausbildung:** Studium der Soziologie, Psychologie oder Wirtschaftswissenschaften,
Einstiegsgehalt: ca. 30 000 Euro,
Info: Berufsverband Deutscher Markt- und Sozialforscher e. V., Offenbach, Tel. 069/800 15 52, www.bvm.org

Adressen

Deutschland

Infos zur Ausbildungsförderung geben die örtlichen BAföG-Ämter. Die Liste aller Ämter sowie allgemeine Infos stehen im Internet unter *www.bafoeg.bmbf.de*.

Über einen Auslandsaufenthalt informiert **Step In**, Bonn, Tel. 02 28/95 69 50, *www.aupairnetwork.com*

Studieren und Lernen im Ausland kann man mit dem **Deutschen Akademischen Austauschdienst (DAAD)**, Bonn, Tel. 02 28/882 – 0, *www.daad.de*

Arbeitsmöglichkeiten im Ausland kann man bei der **Zentralstelle für Arbeitsvermittlung**, Bonn, Tel. 02 28/713 – 0, *www.zav.de* erfahren.

Unter *www.ausbildungssuche.com* gibt es Berufsdatenbanken und Informationen zur Ausbildungsplatzsuche.

www.berufenet.arbeitsamt.de bietet eine riesige Übersicht über alle Berufe.

Schweiz

Amt für Jugend und Berufsberatung beim Schweizerischen Verband für Berufsberatung (SVB), Zürich, Tel. 01/266 11 11, *www.svbasosp.ch*, ist eine erste Anlaufstelle für Fragen zum Berufsleben.

Intermundo, Bern, Tel. 031/326 29 20, *www.intermundo.ch,* fördert den Jugendaustausch als Mittel zur interkulturellen Verständigung.

www.panorama.ch ist die Online-Ausgabe der gleichnamigen Zeitschrift für Berufsberatung und Bildung.

Unter *www.basic-check.ch* gibt es für Auszubildende Infos über Eignungstests zur Berufswahl.

Ein Netzkatalog mit vielen interessanten Links zur Ausbildung und Berufswahl steht unter *www.szh.ch/el/bookmark.shtml.*

Österreich

Arbeitsmarktservice AMS, *www.ams.or.at,* informiert in allen Berufsfragen.

BIWI Berufsinformation der Wiener Wirtschaft, Wien, Tel. 01/470 33 07 10, *www.biwi.at,* ist vor allem für die Ausbildung in Betrieben zuständig.

Unter *www.berufsinfo.at* findet man viele Infos rund ums Thema.

Interkulturelles Zentrum, Wien, Tel. 01/58 67 54 40, *www.iz.or.at,* kennt sich mit Arbeitsmöglichkeiten im Ausland aus.

Bei *www.bewerben.at* gibt es Bewerbungsinfos mit Beratung via Internet und ein Diskussionsforum zum Erfahrungsaustausch.

Register